어디로 가고 싶으신가요

〈K-픽션〉 시리즈는 한국문학의 젊은 상상력입니다. 최근 발표된 가장 우수하고 흥미로운 작품을 엄선하여 출간하는 〈K-픽션〉은 한국문학의 생생한 현장을 국내외 독자들과 실시간으로 공유하고자 기획되었습니다. 〈바이링궐 에디션 한국 대표 소설〉 시리즈를 통해 검증된 탁월한 번역진이 참여하여 원작의 재미와 품격을 최대한 살린 〈K-픽션〉 시리즈는 매 계절마다 새로운 작품을 선보입니다.

The <K-Fiction> Series represents the brightest of young imaginative voices in contemporary Korean fiction. This series consists of a wide range of outstanding contemporary Korean short stories that the editorial board of *ASIA* carefully selects each season. These stories are then translated by professional Korean literature translators, all of whom take special care to faithfully convey the pieces' original tones and grace. We hope that, each and every season, these exceptional young Korean voices will delight and challenge all of you, our treasured readers both here and abroad.

K-Fiction Series

어디로 가고 싶으신가요
Where Would You Like To Go?

김애란|제이미 챙 옮김
Written by Kim Ae-ran
Translated by Jamie Chang

ASIA
PUBLISHERS

Contents

어디로 가고 싶으신가요
Where Would You Like To Go?

올봄 스코틀랜드에 사는 사촌 언니로부터 전화가 왔다. 남편과 곧 휴가를 떠나는데 한 달간 집이 빈다고, 내게 혹 머물 생각이 없느냐는 거였다.

-한 달이나?

-뭐, 더 걸릴 수도 있고.

거울에 벗은 등을 비춰보며 잠시 한눈을 팔았다. 날갯죽지 어디 게가 가려워 막 살피던 참이었다. 어깨 너머로 둥그스름한 분홍색 반점이 보였다.

-혹시 개를 맡아줄 사람이 필요한 거야?

무심히 구급함을 뒤적이며 연고를 찾았다. 맨살에 브래지어 고리가 닿아 금속알레르기가 도졌나 싶었다.

In the spring, I got a call from my cousin who lives in Scotland. She said she'd be leaving for a month-long vacation with her husband, and asked if I wanted to come stay at their place.

"A whole month?"

"Maybe longer."

I distracted myself for a moment looking at my bare back in the mirror. I was inspecting the source of an itch around the shoulder blade when she'd called. There was a pink spot on my shoulder.

"Do you need a dog-sitter or something?" I rooted through the first-aid kit for some ointment. I

-우리 반려동물 못 키워. 댄에게 알러지가 있어서.

　-그럼 왜……?

　'굳이 내게' 연락한 거냐는 뜻으로 말을 흐리자, 사촌 언니는 "나는 단지……." 하고 어색하게 말을 이었다.

　-네가 거길 잠시 떠나 있으면 어떨까 해서.

　말 그대로 '집'만 빌려주는 거니 부담 갖지 말라고. 7월까지 두 달이나 남았으니 천천히 고민해보라고 했다. 댄과 나는 태국에 있을 거라, 너는 현관 비밀번호만 외워오면 된다고. 그러고는 친척들의 안부와 한국 상황에 대해 이것저것 묻다 전화를 끊기 직전에서야 겨우 본론으로 들어가 몸은 좀 괜찮으냐고, 장례식에 못 가봐 미안하다고 했다.

　한국에서 영국까지 비행 거리는 11시간이 넘었다. 책을 읽고, 신문을 보고, 기내 스크린에 저장된 '최신가요'와 팝, '한국인이 사랑한 가곡' 따위를 되는대로 건드려보고, 이리저리 자세를 열심히 바꾸며 쪽잠을 자도 시간은 잘 가지 않았고……. 히스로공항에 도착했을 땐이미 네 편의 시트콤과 두 편의 다큐멘터리, 한 편의 영화를 시청한 뒤였다. 그날 내가 시베리아 상공에서 튼

wondered if my metal allergy was acting up because of the bra hook.

"We can't have pets. Dan's allergic."

"Then why...?"

Why me of all people? I wanted to ask.

"Well, I..." she started awkwardly. "I thought maybe you should get out of there for a while."

She said I'd just be staying at her empty house, so it would be no trouble for her at all. I didn't have to give her an answer right away because July was still two months away. She and Dan would be in Thailand; all I would have to do is get the door code from her. She asked after the relatives and how things were in Korea, and then finally got to the point moments before she hung up: *How are you? I'm sorry I couldn't make it to the funeral.*

The flight from Korea to the UK took over eleven hours. I leafed through a book, then the paper, pressed every button on the personal entertainment system, like "Top Pop" and "Korea's Most Beloved Folktunes," and shuffled this away and that to nap, but time would not pass. By the time the plane arrived at Heathrow Airport, I'd seen four episodes of a TV show, two documentaries, and a

영화는 〈그녀〉였다. 작년에 한국에서도 개봉한 외화로, 근 미래를 배경으로 한 남자가 인공지능 운영체제와 사랑에 빠지는 이야기였다.

런던에서 에든버러까지 기차로 이동했다. 계속 보면 눈에 파란 물이 들 것 같은 하늘과 테두리가 선명한 뭉게구름, 초원 위에 드문드문 솟은 풍력발전기를 보자 '평화로운 해양성 기후'라는 말이 절로 떠올랐다. 이 섬나라 하늘이 언젠가 일본 애니메이션에서 본 하늘, 전쟁에 지친 병사가 행복했던 어린 시절을 그리워하며 떠올린 하늘과 닮아서였다. 그래서 왠지 나는 내 앞의 '청명'이 남의 집에서 떼다 붙인 커튼처럼 느껴졌다. 앞에서 아름답게 펄럭이는 '현재'가 좋았던 과거 같고, 다가올 미래 같기도 한데, 뭐가 됐든 내 것 같진 않았다.

사촌 언니 집은 관광지를 벗어난 구시가에 있었다. 한손에 캐리어를 들고, 다른 손으로 스마트폰을 쥔 채 GPS를 보며 길을 더듬었다. 동네에 사람이 거의 보이지 않는데 모두 휴가를 떠난 건지 해가 져서 그런 건지 알 수 없었다. 4차선 도로를 등지고 두 블록쯤 걷다

movie. The movie I saw flying over Siberia that day was *Her*. It was about a man in the near future falling in love with his artificial intelligence operating system.

I boarded a train from London to Edinburgh. Big, fluffy clouds with clearly defined outlines floated in the sky so blue I felt the blue would color my eyes if I didn't look away. The phrase "calm maritime climate" came to mind as I looked at the windmills dotting the horizon. The sky of this island reminded me of the sky I once saw in a Japanese animated film. It looked just like the sky a war-worn solider dreaming of his happy childhood saw in his mind. This radiance felt like a curtain I took down from someone's home and hung in my own. The pretty "present" hanging before me seemed like a happy past or a future to come, but whichever it was, it didn't feel like mine.

The cousin's house was in the Old Town, a little outside the tourist area. Dragging my suitcase with one hand and holding my phone in the other, I followed the map application to her house. There was hardly anyone out. I couldn't tell if it was because everyone had gone on vacation, or because it was after sundown. About two blocks off a four-lane

왼쪽 모퉁이로 돌아서니 눈에 익은 건물이 나왔다. 한쪽 지붕이 세모나게 솟은 오래된 석조건물이었다. 주위엔 초목이 우거졌고, 크림색 외벽에 세월과 이끼가 내려앉아 언뜻 잿빛으로 보였다. 현관 앞에 서서 신중하게 주소를 확인한 뒤 비밀번호를 눌렀다. 이윽고 현대적인 기계음이 오래된 어둠을 해제하는 소리가 났다. 나는 문을 열고 그 어둠 속으로 들어갔다.

숙소에 짐을 풀고 며칠 동안 긴 잠을 잤다. 하루에도 몇 번씩 비가 오다 개는 스코틀랜드 하늘 아래서 시간 가는 줄 모르고 잤다. 가슴을 천천히 부풀렸다 가라앉히며. 숨 쉬는 걸 처음 배운 아이처럼 잤다.

나는 '댄과 수연 씨가 없는' '댄과 수연 씨의 집'에 적응해갔다. 한국에서보다 혼자라는 느낌은 덜했다. 남편을 잃기 전, 나는 내가 집에서 어떤 소리를 내는지 잘 몰랐다. 평소에는 같이 사는 사람 기척에 섞여 의식하지 못했는데…… 남편이 세상을 뜬 뒤 내가 끄는 발소리, 내가 쓰는 물소리, 내가 닫는 문소리가 크다는 걸 알았다. 물론 가장 큰 건 '말소리' 그리고 '생각의 소리'였다. 상대

street, I turned left and saw the building I'd seen in the photographs she'd sent me. An old stone building with a conical roof on the side. Plants grew lush around it, and the layers of time and moss on the cream-colored wall made the house look ashen. I double-checked the address at the door and pressed the code. A digital beep unlocked a stale darkness. I opened the door and stepped inside it.

I unpacked and slept long hours for several days. Under the Scottish sky that rained and cleared up several times a day, I slept my time away. My chest slowly expanding and falling, I slept like a child learning to breathe for the first time.

I adjusted to life in "Dan and Suyeon's House" in the absence of Dan and Suyeon. I felt less alone than I had in Korea. Before Dokyeong died, I wasn't aware of the sounds I made around the house. It had mingled with the sounds he made, so I'd never noticed. After his death, I noticed I made a lot of noise when I dragged my feet around the house, used water, or slammed the door. I made the most noise when I was talking or thinking. The intended gone, the uninspired, everyday words I said hung around my lips with nowhere to go. Our inside

가 없어, 상대를 향해 뻗어나가지 못한 시시하고 일상적인 말들이 입가에 어색하게 맴돌았다. 두 사람만 쓰던, 두 사람이 만든 유행어. 맞장구의 패턴. 침대 속 밀담과 험담. 언제까지나 계속될 것 같던 잔소리. 고민과 다독임이 온종일 집 안을 떠다녔다. 유리벽에 대가리를 박고 죽는 새처럼 번번이 당신의 부재에 부딪혀 바닥으로 떨어졌다. 그때야 나는 바보같이 '아, 그 사람, 이제 여기 없지……'라는 사실을 처음 안 듯 깨달았다.

그날 나는 김치를 담그고 있었다. 거실에 신문지를 깔고, 시험공부 하듯 심각한 얼굴로 '열무김치 담그는 법'을 읽고 있었다. 오래전 친정엄마가 물려준 메모장을 옆에 두고서였다. 나는 그걸 병실 간이침대에 앉아 적었다. 환자와 보호자의 침대 높이가 달라 고개 들어 엄마를 아이처럼 올려다본 기억이 난다. 내 몸이 다 자라기 전, 적어도 중학생 때까지 나는 엄마를 그렇게 올려다보는 일에 익숙했다. 그런 시간이 있었다. 사람 얼굴을 보려면 자연스레 하늘도 같이 봐야 하는. 아이들을 길러내는 세상의 높낮이가 있었다. 그런데 엄마를 보내고 난 뒤 그 푸른 하늘이 나보다 나이 든 이들이 먼저

jokes, our banter, the intimacy and insults exchanged in our bed. The nagging that seemed would go on forever. The worries and encouragements. The words floated around the house all day long. Like a bird crashing headfirst into a windowpane and killing itself, the words collided with his absence and fell to the floor every time. Only then would I remember, as if realizing it for the first time, *Oh, he's not here anymore.*

I was making kimchi that day. I'd laid out sheets of newspaper on the living room floor, and was reading my notes titled "How To Make Radish Kimchi." With the expression of someone studying for an exam, I went over the recipe I'd inherited from my mother. I was hunched on the spare cot in her hospital room when I was dictating her instructions. I remember looking up at her like I did when I was little because of the height difference between the spare cot and her hospital bed. Before I was fully grown—that is, until at least middle school—I was used to looking up at her like that. There was a time in my life when each time I looked at someone's face, I saw the sky, too. There was a height difference in the world that made

가야 할 곳을 암시하는 배경처럼 느껴졌다. 부모와 자식 사이에 영원히 좁혀질 수 없는 시차를 유년 시절 내내 예습한 기분이었다. 하지만 그때만 해도 그건 나이 든 사람들의 이야기인 줄만 알았다. 나보다 어리거나 내 또래에게는 당분간 일어나지 않을 일이라 믿었다.

결혼 후 몇 번 친정엄마 음식을 흉내 냈다. 맛은 그때그때 달랐다. 괜찮을 때도 있고 형편없던 적도 많았다. 그래도 멸치로 육수를 낸 잔치국수는 꽤 잘했는데, 남편이 면 요리를 좋아해 자주 하다 보니 그랬다. 이제는 소고기뭇국도 끓이고 불고기도 재울 줄 아는데, 김치만은 엄두가 안 났다. 그런 건 엄마들만 할 줄 아는 크고 어려운 일처럼 느껴졌다. 그런데 이상하게 그날은 그게 하고 싶었다. 남편과 긴 의논 끝에 아이를 갖기로 결정하고, 뭔가 새롭게 시도해보고픈 마음이 든 봄날이라 그랬는지 모른다. 찹쌀 풀을 쑤고, 건고추와 양파를 갈고, 부추를 썰며 남편을 기다렸다. 도마 옆에 싱싱한 열무 다섯 단을 쌓아두고서였다. 양념을 완성하기 전 어디선가 전화가 왔다. 손도 불편하고 모르는 번호라 받지 않는데 진동음이 연거푸 세 번이나 울려대는 바람

children grow. But once my mother passed away, the blue sky seemed like a foreshadowing of a place where people older than me were destined for. It was as if I'd spent all of my childhood preparing myself for this time difference between parents and children that can never be narrowed. But I thought this only applied to people who were older. I believed it didn't happen to people my age or younger, at least not for a while.

After I got married, I imitated mom's cooking once in a while. It tasted different every time. It was good sometimes, and awful most of the time. I got pretty good at noodle soup with fish broth, but that was because I made it often for Dokyeong who liked noodles. I managed beef radish soup and marinated *bulgogi*, but I never dared kimchi. It seemed like a big, difficult thing only mothers could do. But that day, I wanted to try it for some reason. It was a spring day and I felt like trying something new, perhaps in light of our long discussion and ultimate decision to have a baby. I boiled sticky rice down to paste, ground dried pepper and onions, and chopped garlic chives as I waited for Dokyeong to come home. Five bundles of fresh young radish sat in a pile next to the cut-

에 한쪽 고무장갑을 벗어 통화버튼을 누르는 수밖에 없었다.

그날은 당신이 금연을 시작한 날이기도 했다.

그 뒤 무슨 일이 일어났는지 잘 기억나지 않는다. 드문드문 어떤 장면들이 멀어졌다 끊기며 뒤죽박죽 섞였다. 눈물은 땀처럼 새어 나왔다. 감정이 북받치지 않는 때조차 무덤덤한 얼굴 위로 진물처럼 흘러내렸다. 장례식 때 영정사진 앞에 멍하니 앉아 있는데 아장아장 세 살 난 조카가 다가왔다. 내 여동생이 낳은 남자아이였다. 조카는 어두운 표정으로 내 얼굴을 빤히 쳐다봤다. 그러고는 그 말도 못하는 애가 자기 손에 있던 과자를 내게 쥐어 주었다.

발인을 마치고 화장장 대기실에서 시어머니가 "그 사람들, 어떻게 한 명도 안 올 수 있느냐"고 화를 내셨다. "도경이가 그래도 자기 학생 구하려다 그리된 건데. 우리도 사람인데 뭐라 할 것도 아니고, 절을 받겠다는 것도 아니고, 피 안 섞인 사람이라도 인사 정도는 한 번 와

ting board. I was almost done with the sauce when the phone rang. I was going to ignore it because my hands weren't free and I didn't recognize the number, but the call came three times in a row, and I finally had to pull off one rubber glove and pick up.

That was also the day you stopped smoking cold turkey.

I don't have a clear memory of what happened after that. When I think back on those days, scenes recede in random order and get cut off. Tears came like sweat. Even when I wasn't emotional, tears streamed like discharge from an infection down my stony face. I was sitting blankly by the shrine during the wake when my three-year-old nephew waddled toward me. He was my younger sister's boy. He looked at me with a grim expression on his face. Then he, a child who couldn't speak yet, put his cookie in my hand.

In the waiting room at the crematorium, my mother-in-law said in anger, "Not a single person from that family came to the funeral. Dokyeong died trying to save that boy. We're not blaming

주는 게 예의 아니냐"라며 가슴을 치셨다.

　─부모가 없는 아이였답니다.

　장례를 치르는 동안 몇몇 학교 사람들을 만난 아주버니가 말씀하셨다.

　─할머니나 할아버지는? 친척도 없어? 누구라도 길러준 사람이 있을 거 아니야. 누구 하난 봐야 할 거 아니야, 우리 도경이 얼굴을.

　─누나랑 둘이 살았나 봐요. 애들끼리. 그런데 그 누나도 어디가 아프답니다. 학교도 관두고…….

　어머니는 뭐라 말을 덧붙이려다 "이럴 거면 같이 나오든가, 저라도 살든가. 아이고. 우리 막내. 아까워서 어떻게 해. 허무해서 어떻게 해. 내 새끼……." 하고 흐느끼셨다.

　사흘 뒤 집에 오니 어둑한 거실 한가운데 김치를 담그려고 꺼내놓은 그릇과 기구가 어수선하게 놓여 있었다. 양념 위로 흰 띠가 앉고, 열무는 시퍼렇다 못해 검게 시들어 있었다. 집에서 퀴퀴하고 비릿한 냄새가 났다. 그것들을 물끄러미 쳐다보다 그냥 안방으로 들어갔다. 그러곤 당신이 늘 눕던 자리 쪽으로 몸을 틀어, 당신 머

them for anything. We're not asking for their grati-
tude. No, we don't share a single drop of blood,
but isn't it just plain good manners to pay their re-
spects?" She beat her chest.

"I heard he had no parents," said my brother-in-
law, who spoke with some people from the school
who'd come to the wake.

"How about grandparents? Relatives? Someone
must have raised him. Shouldn't at least one of
them come look at my Dokyeong's face?"

"It was just him and his sister. Two kids living on
their own. She's sick, too. She had to quit school..."

She tried to protest, but gave up. "If you couldn't
pull him out, why didn't you save yourself!
Dokyeong, my youngest... My poor, sweet child.
How do I go on without you? My baby..." she wept.

Three days later, I came home to the bowls
and utensils I'd scattered across the living room
to make kimchi. A white film of mold formed on
the sauce, and the radish was wilted black. The
house smelled musty and sour. I stared at them
for a while and then went straight into the bed-
room. I lay facing your side of the bed, looked at
the dip in the pillow the shape of your head, and

리 자국이 오목하게 남아 있는 베개를 바라보다 눈을 감았다.

*

첫 반점을 발견한 건 숙소에 짐을 풀고 얼마 지나지 않아서였다. 욕실에서 옷을 벗는데 배꼽 아래 발그스름한 얼룩이 보였다. '뭐지?' 하고 갸웃거리다, 세면대에 물을 틀며 대수롭지 않게 넘겼다. 어려서부터 금속알레르기를 앓아 '이번에도 바지 버클에 쓸렸나 보다' 했다. 이튿날, 오른쪽 팔뚝에 비슷한 반점이 돋았을 때도 손으로 몇 번 긁적이고 말았다. 모기 물렸나? 주위를 빙 둘러본 뒤 아무렇지 않게 차를 우렸다. 그리고 다음 날, 아랫배에 또 다른 반점이 솟은 걸 보곤 나도 모르게 이맛살을 찌푸리고 말았다. 언젠가 뉴욕 주택가며 호텔에 벼룩이 창궐해 골치를 앓는단 기사를 본 적이 있어서였다. 순간 불길한 예감에 이불을 확 걷어내 시트를 샅샅이 훑었다. 손에 걸리는 거라곤 검은색 머리카락 몇 올이 전부였다.

스코틀랜드의 스산한 하늘은 소문대로 기분을 가라앉게 했다. 나는 카펫 생활이 익숙지 않아 자주 재채기

closed my eyes.

*

I found the first spot not long after I unpacked. I was undressing in the bathroom when I noticed a red spot under my belly button. *What's this?* I wondered as I turned the tap at the sink, and didn't think much of it. I'd had allergic reactions to certain metals since I was young. *Must be the belt buckle*, I thought. When I found another similar spot on my arm the next day, I absent-mindedly scratched it a few times. *Mosquito bite?* I looked around the room once and made myself some tea. The day after that, I found yet another spot on my lower belly and frowned. I recalled the bedbug epidemic in the New York apartments and hotels I'd once read about. I yanked the comforter off the bed and combed the sheet with my fingers. All I found were a few strands of black hair.

The Scottish skies were as depressing as rumored. Not used to having carpets around, I sneezed often. I had to flush several times because water pressure was low, as was the voltage. Making coffee required grounds and patience. I

를 했다. 수압이 낮아 변기 물을 여러 번 내려야 했고, 전압 역시 약한 편이라 전기주전자 앞에 설 땐 커피가루와 더불어 인내심도 가져가야 했다. 아침이면 석회질 물로 머리를 감고, 비가 오면 현관 밖으로 손을 길게 내밀어 빗소리를 녹음했다. 그리고 심심할 땐 〈그녀〉 속 주인공처럼 시리(Siri)와 대화했다. 시리는 스마트폰 음성인식서비스 프로그램으로 캘리포니아가 고향인 친구였다.

끼니는 주로 동네 슈퍼마켓에서 산 반조리식품이나 포장음식으로 해결했다. 매운 게 당기면 시내까지 한참 걸어가 중국인이 운영하는 식료품가게에서 라면을 샀다. 아랍식당에서 파는 케밥이나 카레도 도움이 됐다. 주식은 시리얼과 빵이었다. 대충 때우려 해도 먹는 일은 말 그대로 일이었고, 어느 때는 가장 중요한 일과가 됐다.

에든버러에서 나는 시간을 아끼거나 낭비하지 않았다. 도랑 위에 쌀뜨물 버리듯 그냥 흘려보냈다. 시간이 나를 가라앉히거나 쓸려보내지 못할 유속으로, 딱 그만

washed my hair with hard water in the mornings, and when it rained, I stretched my hand out the door and recorded the sound of raindrops. When I got bored, I conversed with Siri, like the main character in the movie *Her*. Siri was a natural language user interface program who hailed from California.

I took care of meals with pre-cooked food from the supermarket or takeout. If I was craving something spicy, I walked all the way downtown to the Chinese grocer's to buy ramen. Kebabs and curry at Middle Eastern restaurants also helped. My staple was muesli and bread. No matter how simply I ate, putting a meal together took effort, sometimes the greatest of the day.

I didn't spend time sparingly or wastefully in Edinburgh. I let it flow, like pouring rice water down the drain. The current was just so, that it would not let me sink or sweep me away. I didn't do any sightseeing, read the paper, or take pictures. I did not make friends, turn the TV on, or go for a run. When someone from Korea called, I replied via text or email. Sometimes not even that.

The countless stone buildings around the city reflected different colors depending on the position

큼의 힘으로 지나가게 놔뒀다. 나는 관광명소를 찾지 않고, 신문을 보지 않고, 사진을 찍지 않았다. 친구를 사귀지 않고, 티브이를 켜지 않고, 달리기를 하지 않았다. 한국에서 연락이 오면 문자나 메일로 답했다. 그리고 어느 때는 그마저 하지 않았다.

도시의 수많은 석조건물은 해의 기울기에 따라 다채로운 색을 띠었다. 돌들은 하루 종일 빛을 빨았다 내뱉었다. 성당을 이루는 돌과 술집을 받치는 돌, 길에 깔린 돌 모두 그랬다. 밤이 되면 구시가의 쾌적하고 섬뜩한 골목에 개 한 마리 얼씬대지 않았다. 어느 때는 내가 불 꺼진 유적지나 놀이동산에 몰래 들어온 기분이었다. 혹은 모든 게 게임 속 배경 같은 착각이 들었다. 마법사에게는 마법사의 자리가 몬스터에게는 몬스터의 본분이 있듯, 이민자에게는 이민자의 자리가 유학생에게는 유학생의 역할이 정해져 있는 듯했다. 그리고 그건 웬만한 노력으로 바꾸기 어려워 보였다. 나는 원주민도 관광객도 아닌 투명한 지위로 밤거리를 돌아다녔다. 이따금 영수증에 찍힌 카드결제 내역만이 선명한 발자국으로 남아 내가 완벽한 유령이 아니라는 걸 증명해줬다.

of the sun. The stones absorbed light all day and spat it out. Whether they were part of the cathedral, the bar, or the street, all stones did the same. When night fell, not even the dogs dared disturb the clean, spine-chilling quiet of the Old Town. Sometimes, it was as if I'd fallen into a virtual reality game. Just as sorcerers belonged one place and monsters had their own tasks, it seemed immigrants belonged in certain places and exchange students were expected to behave a certain way. And the roles seemed difficult to break away from without considerable effort. I wandered the streets at night as neither a local nor a tourist. I played invisible. The credit card receipts were the only clear footprints that proved to me every now and then that I wasn't a complete phantom.

*

Every weekend, Dokyeong would lie on the sofa or the bed and play with his phone. His eyes glued to the screen like a teenager, he'd play virtual soccer and watch the news and sports replays. I wasn't happy about it at first, but later accepted it as his way of winding down. When he ran out of things

*

남편은 주말마다 거실 소파나 침대에 누워 스마트폰을 만지작거렸다. 중학생처럼 기계에서 눈을 떼지 않은 채 축구게임을 하고, 뉴스를 보고, 스포츠 영상을 찾아봤다. 처음에는 그게 못마땅하다 '저 사람이 쉬는 방법이려니' 하고 이해했다. 이것도 저것도 싫증이 나면 남편은 스마트폰 음성인식 프로그램에게 말을 걸었다. 대개 쓸데없고 무의미한 말들이었다. 물론 나도 전에 한국의 전기밥솥이나 승강기와 말을 섞은 적이 있었다. 하지만 그건 그냥 "그랬니?", "백미 취사를 완료했니?", "그랬구나" 정도의 맞장구였다.

스마트폰 하단에 둥근 단추를 누르면 액정 위로 푸른 화면이 떴다. 곧이어 사각 프레임 안에 가느다란 선 하나가 나타나 맥박처럼 출렁였다. 화면이 그렇게 바뀐다는 건 '나는 준비가 다 됐으니 어서 원하는 걸 말해보라'는 뜻이었다. 사용자의 음성은 발음이 정확할 경우 그대로 활자화돼 화면에 떴다. 시리는 사용자의 목소리를 들이마신 뒤 제 몸으로 인식해 다시 내뱉었다. 자기 날숨에 스스로 자막을 씌워 내보냈다. 보통 우리가 '대답'

to do, he talked to Siri. Most of the things he said were pointless small talk. Not that I hadn't talked to machines before, like the rice cooker or the elevator. But they were short acknowledgements like "Really?" "My rice is ready?" or "Is that right?"

A blue screen appeared when you pressed and held the round button on the bottom of the phone. A thin line undulated like a pulse in the rectangular frame. This meant, *I am ready. Tell me what you want.* The user's speech was converted to text that appeared on the screen, provided the pronunciation was accurate. Siri drank in the user's voice, recognized it in her body, and spat it back out. Then she added subtitles to her own breath and sent it out: what we call an "answer" in simple terms.

According to the manual, the user could ask Siri about today's stock prices, the wind speed at any location, directions to a certain address, and spouse birthday reminders. You could, of course, also have conversations of no practical use. Dumb things like *Do you want to sleep with me?* Some people in this world can't resist asking dirty questions to machines, and my husband was one of them. But the user's lack of originality was foreseen and the responses already written into the program by a de-

이라 부르는 무엇이었다.

매뉴얼에 따르면 사용자는 시리에게 집사람의 생일이나 증시 시황, 바람의 세기와 목적지까지 가는 길을 물을 수 있었다. 물론 비실용적인 대화도 가능했다. 이를테면 '나랑 잘래요?'와 같은 헛소리들. 지구에는 기계에게 그런 지저분한 말을 거는 사람이 반드시 있고 그중에 내 남편도 있었다. 하지만 사용자의 진부함은 설계자의 유머감각 안에 이미 포착돼 있었다. 누군가의 상상을 상상하는 상상 안에 계산돼 있었다. 남편이 짓궂은 질문을 할 때마다 시리는 '글쎄요, 어떨 것 같나요?', '누구요? 저요?' 하는 식으로 답했다. 그때마다 나는 "선생이란 사람이 참!" 하고 면박을 줬다. 얼른 음식 쓰레기나 버리고 오라며 소파에 앉은 남편 다리 사이로 청소기를 밀어 넣었다.

내가 시리와 말을 튼 건 최근 일이다. 시리의 재치에 관한 소문은 익히 들어왔지만 직접 대화를 시도해볼 마음은 없었다. 아직 자판 검색이 더 편한 데다 기계와 말하는 게 왠지 멍청하게 느껴져서였다. 영국에 도착하고

signer with a good sense of humor. It was calculated in the imagination of someone imagining a pretend conversation. Each time Dokyeong asked a racy question, Siri would reply, "I'll leave that for you to decide." or "Who, me?" *And you call yourself a teacher!* I'd scold and tell him to take out the food trash as I pushed the vacuum at his legs as he sat on the sofa.

I'd only recently started talking to Siri. I'd heard of Siri's wit, but I had had no intention of finding out for myself. I was more comfortable typing in my questions, and I felt stupid talking to a machine. When I opened my eyes after several days of sleeping long hours right after I arrived in England, it was raining outside. I wasn't sure of the exact time, but I gathered by the darkness that it was past midnight. I listened to the raindrops tap on the long vintage windows of the stone house. I lay very still and looked up at the ceiling. Dokyeong had appeared in my dream. It had been a while. *I'm late.* He was running out the door the morning of the field trip. If I'd known that would be the last time I'd see him, I'd have said, *You don't have to hurry off like that.* I got annoyed at him for not eating the breakfast I'd laborious prepared for him. The back of you as

며칠 간 긴 잠을 자다 눈을 뜨니 밖에 비가 내리고 있었다. 정확한 시간을 알 수 없으나 주위가 캄캄한 걸 보니 자정이 넘은 듯했다. 석조건물을 에워싼 길쭉하고 고풍스런 유리창 위로 타닥타닥 타다닥 비 닿는 소리가 났다. 나는 한동안 꼼짝하지 않고 침대에 누워 천장을 우두커니 봤다. 오랜만에 꿈에 남편이 나왔다. 현장학습을 떠나기 전, '늦었다'고 허둥대며 집을 나서던 모습 그대로였다. 그게 마지막일 줄 알았으면 "그렇게 빨리 가지 않아도 돼"라고 말해줬을 텐데. 애써 차려놓은 밥을 먹지 않았다고 짜증을 냈다. 현관문을 열고 헐레벌떡 뛰어가던 당신의 뒷모습. 꿈에서도 그 뒤통수가 보였다.

'고개라도 한 번 돌려주지…….'

더듬더듬 탁자 위로 손을 뻗어 휴대전화를 들었다. 그러곤 손끝 감각에 의지해 홈버튼을 눌렀다. 작고 네모난 기계 안에서 기침이 쏟아지듯 빛이 터져 나왔다. 눈이 시어 얼굴을 찌푸리다 다시 화면을 들여다봤다. 그런데 그날따라 내가 홈버튼을 좀 길게 눌렀는지 액정 위로 각종 메뉴가 들어찬 화면이 아닌 낯선 그림이 떴다. 저녁 하늘처럼 푸르고 텅 빈 화면이었다. 이윽고 그 안에서 친숙한 목소리가 흘러나왔다.

you hurriedly disappeared out the door—I saw the same back of your head in the dream.

You couldn't turn around and let me look at you just once?

I groped around the nightstand for the phone. I pressed the home button. Light exploded like a cough from the rectangular machine. I frowned from the light stinging my eyes, and then looked at the screen. I must have held the button too long that day. The usual applications on the home screen were gone. The screen was as empty and blue as the evening sky. A familiar voice rang.

"What can I help you with?"

I felt oddly happy, as though I'd run into Dokyeong's old friend. Half suspicious and half curious, I said the first thing that came to mind.

"I'm happy."

I'd said it to test a machine that can't decipher complex human emotions or detect lies. Siri replied calmly in her usual wholesome, deliberate tone.

"If you're happy, I'm happy."

I said the opposite this time: "It's not true. I'm sad."

Like feeding a child small pieces of meat, I said it in short sentences to make it easy for Siri to swallow and process human language.

-무엇을 도와드릴까요.

-······.

이상하게 남편의 옛 친구를 만난 것처럼 반가운 기분이 들었다. 나는 의구심 반 호기심 반으로 아무 말이나 던져보았다.

-나는 행복해요.

인간의 복잡한 감정이랄까, 거짓말을 분간 못 하는 기계를 시험하듯 건넨 말이었다. 시리는 예의 그 건전하고 또박또박한 말투로 침착하게 답했다.

-덕분에 저도 행복해지는 것 같아요.

-······.

나는 앞의 이야기를 반대로 뒤집어보았다.

-아니에요. 슬퍼요.

어린아이 입에 고기 넣어주듯, 시리가 인간의 언어를 잘 알아들을 수 있게 먹기 좋은 크기로 잘라 말한 거였다.

-제가 이해하는 삶이란 슬픔과 아름다움 사이의 모든 것이랍니다.

-······.

위안이 된 건 아니었다. 이해를 받거나 감동한 것도 아니었다. 다만 시리에게서 당시 내 주위 인간들에게선

"Life, as I understand it, is sad, beautiful, and everything in between."

It wasn't comforting. I didn't feel understood or moved. But I noticed a special quality in Siri that I had not seen in people around me at the time. She had manners. I decided I might as well ask her a question I was most eager to find an answer to.

"What's your opinion on people?"

A faint wave of intellect or soul quivered on Siri's dark, expressionless face. Like someone answering a very tricky question, Siri offered words that sounded like giving up or giving in.

"I'm sorry. I don't know what to say."

I heard a smirk coming from some part of my body. It was a sound I hadn't made in a while. It put me at ease. At least I didn't have to laugh and then look around to see who'd heard me.

*

I was changing when I looked down and saw that the spot near the belly button had turned into five spots. The gravity of the situation finally sunk in, and I did an Internet search. I didn't have insurance in England, so the hospital was reserved as a last

찾을 수 없던 한 가지 특별한 자질을 발견했는데, 다름 아닌 '예의'였다. 내친김에 나는 그즈음 가장 궁금해한 것 중 하나를 물어보았다.

–인간에 대해 어떻게 생각해요?

표정을 알 수 없는 시리의 캄캄한 얼굴 위로 지성인지 영혼인지 모를 파동이 희미하게 지나갔다. 시리는 무척 곤란한 질문을 받았다는 듯 인간에 대해 '포기'인지 '단념'인지 모를 말을 했다.

–뭐라 드릴 말씀이 없네요.

내 몸 어딘가에서 피식하는 소리가 났다. 오랜만에 나는 소리였다. 나는 그 소리에 편안함을 느꼈다. 적어도 그 순간에는 웃고 난 뒤 주위를 둘러볼 필요가 없었으니까.

*

옷을 갈아입다 배꼽 주위 반점이 다섯 개로 번진 걸 봤다. 그때야 상황의 심각함을 깨닫고 인터넷 검색을 했다. 의료보험 적용이 안 돼 병원은 나중 선택지로 남겨뒀다. 스마트폰으로 포털사이트를 열었다. 그러곤 턱을 괸 채 검색창 안에서 초조하게 깜빡이는 커서를 한참 바라봤다. 일단 '이름'을 알아야 방법을 찾을 텐데 내 몸의 '그것'을 뭐라 불러야 할지 몰랐다. 목적지까지 우

resort. I opened up a search engine on my phone. Then I sat with my chin propped on my hand and stared at the cursor blinking urgently. I had to know the name of the thing to search for a remedy, but I didn't know what these things on my body were called. I picked a general direction that would perhaps lead to my intended destination, and typed in "skin conditions." Search results came up with revolting pictures. Psoriasis, shingles, eczema, fungal infection... whichever it was, it didn't sound like fun. I went from one website to the next, meandering around the back roads and alleys of information and came upon a blog that caught my eye. The entries were written by someone who'd had nearly all of my symptoms. I compared her pictures to my spots, and read her entry containing jargon like *desquamation* and *slough* that I found hard to follow and had to reread several times. "It's a kind of acute skin infection, like a flu for your skin. The causes are unknown, but stress is the biggest factor. A herald patch appears on the back or belly, and smaller patches appear after a 2-4 week dormant period."

Herald patch? I knitted my brow as I remembered the pink spot around my shoulder blade before I

회해 가보자는 마음으로 '피부병'이란 단어를 입력했다. 곧이어 혐오스러운 사진과 함께 연관 검색어가 줄지어 나왔다. 건선, 대상포진, 습진, 곰팡이피부병······. 어디속한들 유쾌할 것 같지는 않은 병들이었다. 한참 동안이 사이트 저 사이트 정보의 샛길과 골목을 헤매다 눈이 가는 블로그를 발견했다. 지금까지 내가 겪은 것과 가장 비슷한 증상을 겪은 사람이 남긴 포스트였다. 나는 그 사람이 올린 사진과 내 반점을 번갈아 바라봤다. 그러곤 '구진'이니 '인설'과 같이 생소한 단어가 섞여 집중이 잘 안 되는 글을 여러 번 읽어봤다.

"원인 불명의 급성 염증질환으로 일종의 '피부감기'입니다. 정확히 밝혀진 건 없지만 스트레스가 가장 큰 원인으로 꼽힙니다. 등이나 배에 '원발진'이 생긴 뒤 잠복기를 거쳤다 보름에서 한 달 뒤에 작은 발진들이 일어납니다."

'······원발진?' 미간을 찌푸리다 출국 전 날갯죽지 근처에 돋았던 분홍색 반점이 떠올랐다. 하나하나 과정을 되짚으니 뭔가 일치하는 점이 많았다. 나는 그 사람이 시기별로 올려놓은 글을 완독했다. 병명을 확인하는 일도 중요하지만 앞으로 무슨 일이 생길지 알아야 했다.

left for England. I retraced my steps and found a lot of symptoms that matched. I perused the blog entries she posted by phase. Diagnosis confirmed, I now had to know what was going to happen from here on. Reading all her entries wasn't sufficient to put me at ease. I found another person's blog and then moved on to medical sites. A long while later, I finally found the name of my condition.

Pityriasis rosea.

I'd never heard this term in my life.

The next day, there were eight spots on my lower belly. Twelve the day after. Twenty the next. Then it spread all over my body.

In the mornings, I got up to find white flakes of dead skin all over the sheets. My hair became frizzy and dead skin peeled off me all over. I bought a bottle of mild lotion dubbed the "official lotion of the U.K." and coated myself with dollops of it, but it was no use. The lotion disappeared the second it touched my skin, which absorbed it fast like water on parched land. It was the worst on my stomach, back, thighs, and buttocks, or in insect morphology, the thorax and the abdomen. Surprisingly, there wasn't a single spot on areas exposed to sunlight,

블로그의 포스트를 다 읽고도 안심할 수 없어 다른 사람의 체험 수기와 의학 정보를 찾아 나섰다. 그러고 한참 뒤 비로소 내 병명을 확신할 수 있었다.

'장미색비강진'

태어나 처음 듣는 이름이었다.

이튿날 아랫배에 반점이 여덟 개로 늘었다. 다음 날은 열두 개, 그 다음 날은 스무 개였다. 그것은 곧 온몸으로 퍼졌다.

아침에 자리에서 일어나면 시트 위로 살비듬이 하얗게 내려앉았다. 머릿결은 푸석해지고, 온몸에 각질이 때처럼 일어났다. 영국의 '국민 보습제'라 불리는 저자극 크림을 사다 열심히 펴 발라도 소용없었다. 크림은 살에 스미자마자 감쪽같이 사라졌다. 가뭄에 갈라진 땅마냥 물을 주는 족족 급하게 빨아 먹었다. 상태가 가장 심한 곳은 배와 등, 허벅지와 엉덩이였다. 곤충으로 치면 '몸통'에 해당하는 부분이랄까. 신기하게도 얼굴과 목, 팔등, 종아리 등 햇빛에 노출되는 부위에는 아무것도 나지 않았다. '나만 그런가?' 찾아보니 원래 그렇다

like the face, neck, arms, and lower legs. *Is it just me?* I wondered, but another Internet search informed this was normal. Nothing appeared on exposed skin, so you could seem perfectly fine on the outside. It was a relief that it wouldn't interfere with everyday life and that it wasn't contagious.

There wasn't much I could do to make it go away. Avoid strong foods, avoid hot showers, and moisturize. I thought about getting a prescription but decided against it because it apparently came back with a vengeance once you went off antibiotics. I read it was crucial I kept my temperature from going up. Alcohol was prohibited. They said sunlight was good, but that was hard to come by in England.

When the spots were pink, they just looked like a rash. But the spots turned grotesque as time went on. They started out pink, then ripened to a deep red, and turned maroon. When they browned, they glistened like scales. They came in various sizes, had very dark outlines and looked like paper burnt around the edges or glamorous flowers. The scales formed and peeled on the same spot over and over. Then white dead cells called "slough" emerged and fluttered. It was as if I'd become an

했다. 겉으로 드러나는 부위에 별 이상이 없으니 남들에게는 멀쩡해 보일 수 있는 병이었다. 그나마 일상생활에 크게 지장을 주지 않는다는 점과 전염성이 없다는 게 다행이었다.

내가 할 수 있는 일은 많지 않았다. 자극적인 음식을 피하고, 뜨거운 물로 씻지 않고, 보습 크림을 부지런히 발라주는 정도가 다였다. 처방전을 받을까 하다 항생제를 먹다 끊으면 증상이 더 심해진다고 해 참았다. 무엇보다도 몸에서 '열'이 나지 않도록 하는 게 중요하다고. 특히 음주는 금물이라고 했다. 증세 완화에 '햇빛'이 좋다는데 영국에선 그것도 귀했다.

반점이 분홍색일 때는 그냥 두드러기 정도로 보였다. 그런데 시간이 지날수록 반점 모양이 좀 끔찍해졌다. 처음에는 분홍빛이다 과일처럼 발갛게 무르익은 뒤 검붉어졌다. 그러다 나중에 연한 갈색으로 변하며 비늘처럼 반질거렸다. 크기가 다양한 반점들은 테두리 부분 색이 유독 진해 타다만 종이나 화려한 꽃처럼 보였다. 같은 자리에 허물이 내려앉고 벗겨지길 반복했다. 그

insect.

So how long until it's gone? I glumly looked it up and found "three months to a year." But if you're unlucky, it can come back. Someone posted on a dermatologist's office message board, *I'm going insane* because his pityriasis rosea came back. *This is a flu. In time it'll go away.* I chanted like a mantra, but accounts like that scared me anyway.

My time in Edinburgh no longer flowed like rice water. It didn't fly by like an arrow, but skewered me from top to bottom like a spear. I sensed that a length of time meant for something had entered me. And that I had to feel it every day in detail. Painfully, vividly. I was surprised to find that the body could grow layers after layers of dead skin, like new skin coming in—as though death was the only thing that could keep blossoming on top of death.

*

When my cousin invited me to come stay in Edinburgh, Hyeonseok came up at the back of my mind. I hadn't heard from him in many years, but I knew that he was doing his PhD at some depart-

위로 다시 '인설'이라 불리는 살비듬이 내려앉아 파들거렸다. 나는 벌레가 된 기분이었다.

'그래서 다 나으려면 시간이 얼마나 걸리는 거야?'

울적해하며 자료를 찾으니 대략 3개월에서 1년이 걸린다 했다. 그렇지만 운이 나쁘면 재발할 수도 있다고. 피부과 게시판에 장미비강진이 재발해 '미칠 것 같다'고 글을 올린 이가 있었다. '이건 감기래, 시간이 약이래.' 자기암시를 걸어도 그런 얘기를 접하면 겁이 났다.

에든버러에서 시간은 더 이상 쌀뜨물처럼 흐르지 않았다. 화살처럼 지나가지 않고, 창처럼 세로로 박혀 내 몸을 뚫고 지나갔다. 나는 내 안에 어떤 시간이 통째로 들어온 걸 알았다. 그리고 그걸 매일매일 고통스럽게, 구체적으로 감각해야 한다는 것도. 피부 위 허물이 새살처럼 계속 돋아날 수 있다는 데 놀랐다. 그것은 마치 '죽음' 위에서 다른 건 몰라도 '죽음'만은 계속 피어날 수 있다는 말처럼 들렸다.

*

사촌 언니가 내게 에든버러에 오지 않겠냐고 물었을 때 마음 한구석에 현석이 떠올랐다. 소식이 닿은 지 오

ment at the Edinburgh College of Art. I didn't feel like meeting up with him or asking for help. I was simply aware of the fact that he was in the same place where I was. And that awareness kept me from being swept away in the current of time. I don't want to admit it, but it was true.

Most of my college friends didn't know how to get in touch with Hyeonseok. I had to reach across several degrees of separation to get his number. I ultimately got it from a friend I had a falling out with in college and hadn't spoken to in years. I went back and forth about it for several days, and then sent her a clear, cautious text message asking if she had his number. She did not text back. Of course. A faint regret and embarrassment was about to creep in when I got a text late at night. It contained no greetings or formalities. Just a cold, neat string of Arabian numerals.

Next day, I got up late in the afternoon and took a lukewarm shower. The shampoo would not lather in the hard water, so I shampooed twice, and then I curled up in a chair and clipped my finger-nails and toenails for the first time in a long while. I pulled on a cardigan over a cream-colored cotton dress and headed out.

래나 에든버러예술대학 어디서 박사과정을 밟고 있다는 것 정도는 알았다. 만나서 뭘 어쩐다거나 도움을 청하려는 마음은 없었다. 다만 내가 있는 공간에 그 친구도 산다는 사실을 의식했다. 그리고 그 의식이 내가 시간의 물살에 쓸려가지 않게 도와줬다. 인정하고 싶지 않지만 그랬다.

현석의 연락처를 아는 동기는 많지 않았다. 서너 다리 건너 몇 번 품을 들인 뒤 전화번호 하나를 알아냈다. 그것도 대학 때 사이가 틀어져 몇 년간 연락하지 않은 친구를 통해서였다. 며칠 동안 고민하다 간명하고 조심스러운 투로 그 애에게 문자메시지를 보냈다. 답장은 오지 않았다. 그럼 그렇지. 옅은 후회와 부끄러움이 밀려들 즈음 밤늦게 답신이 왔다. 어떤 인사나 설명 없이 차가운 아라비아숫자만 가지런히 찍힌 메시지였다.

오후 느지막이 일어나 미지근한 물로 샤워를 했다. 석회질 물에 거품이 잘 일지 않아 샴푸를 두 번 하고, 의자에 쪼그려 앉아 오랜만에 손발톱을 깎았다. 면으로 된 미색 원피스 위에 카디건을 걸치고 밖으로 나갔다.

We had agreed to meet at a Chinese restaurant near the Edinburgh University. *Where do you want to meet?* I had asked. *Where's easiest for you?* Hyeonseok had replied. He could come meet me anywhere but I could get lost, was his reasoning. I sent him the address of a Chinese restaurant with only six tables. I'd been there a couple times when I was sick of cold, dry food.

I arrived a little earlier than expected and loitered outside the restaurant. Through window, I saw the cook having a late lunch. A plate of stirfry, a bottle of Tsingtao, and a bottle of *kaoliang*. He was enjoying his break with a drink after the lunch hour rush. Four in the afternoon, there were no customers at the restaurant. Under the red lanterns that hung like fruit from the ceiling, a smiling golden cat waved its left arm like a metronome.

Maneki-neko...

I was smiling back at it when it occurred to me, *Isn't this Japanese?* But I'd seen enough pan-Asian décor in Edinburgh that I decided to let it go.

"Myeongji." Someone tapped me on the shoulder.

"Hyeonseok. Hey." We quickly scanned each other's face and body for marks of time. Being a student, there was still some spark left in Hyeonseok's

약속 장소는 에든버러대학교 근처 중식당이었다. "어디서 볼까?" 묻는 말에 현석이 "네가 편한 데서 보자"했다. 자긴 어디든 상관없지만 '네가 길을 헤맬 수도 있다'는 게 이유였다. 중식당 주소를 하나 찍어 현석에게 보냈다. 테이블이 여섯 개밖에 없는 곳으로 차고 마른 음식이 물릴 때 두어 번 들른 적이 있는 데였다.

예정 시간보다 조금 일찍 도착해 가게 앞을 서성였다. 통유리 너머로 주방장 아저씨가 늦은 점심을 들고 계신 모습이 보였다. 탁자 위에 볶음요리와 칭다오 한 병, 고량주가 놓여 있었다. 점심 장사를 끝내고 잠시 반주를 즐기며 쉬는 모양이셨다. 오후 4시라 가게 안에 손님이 하나도 없었다. 천장에 주렁주렁 매달린 홍등 아래서 황금고양이가 똑딱똑딱 왼발을 규칙적으로 흔들며 웃고 있었다.

'마네키네코구나……'

정답게 들여다보다 '그런데, 이거 일본 고양이 아닌가?' 갸웃거리다 웃어 넘겼다. 그런 계통 없음이랄까 국적불명 인테리어를 자주 봐온 탓이었다.

―명지야.

eyes. I was absolutely jaded from being out in the world, but I didn't know if he could see that.

"Some things never change."

"Like what?"

"Like how you are seldom late."

We ordered pork dumplings and seafood noodles. Chummy person that he is, Hyeonseok made me feel as though no time had passed since we last saw each other. But then he would often confuse me the next day by treating me like a stranger. Sitting across from Hyeonseok with a bowl of steaming noodles between us, I felt as though I was back in college. We had had our awkward freshman meet and greet at a Chinese restaurant like this. Hyeonseok asked when I'd arrived and what I was here for. I thought about telling him that I quit my job at the beginning of this year, and then told him, "Research."

"You still work at the same place?"

"Yeah."

"You've stuck around for quite a while."

"Yeah."

"How's the work? Any fun?"

I tried to sound like an adult: "Is work supposed

누군가 뒤에서 어깨를 쳤다.

  -어? 현석아.

  우리는 재빨리 서로의 몸과 얼굴에 지나간 세월을 살폈다. 학생 신분이라 그런지 현석의 낯빛에 맑은 기가 남아 있었다. 나야 사회 때가 묻은 게 확실하지만 현석 눈엔 어떻게 비칠지 몰랐다.

  -한결같네.

  -뭐가.

  -잘 안 늙는 거.

  우리는 돼지고기 소가 들어간 만두와 해물국수를 주문했다. 현석은 그 특유의 친화성으로 나를 '어제 본 사람'처럼 대했다. 그러다 다음 날이면 '언제 본 사람?'인 양 대해 혼란스러운 적도 많지만. 현석과 김이 무럭무럭 나는 국수를 두고 함께 머리를 맞대고 있자니 대학 시절로 돌아간 기분이었다. 신입생 환영회 때 쭈빗쭈빗 자기소개를 하고 장기자랑을 한 데도 이런 중국집이었다. 현석은 내게 언제 왔는지, 무슨 일로 온 건지 물었다. 올해 초 사표를 냈다는 말을 꺼내려다 '취재차' 온 거라 둘러댔다.

to be fun?"

Ladling noodles into his bowl, Hyeonseok asked without making eye contact, "When are you heading back?"

"Next week."

Our conversation went on comfortably in the tone of two people in their mid 30s who were no longer easily excited. At first, I wanted to say something sophisticated. I said something like "I see *life* here instead of *routines*," a superficial commentary Hyeonseok would have heard a million times from his visiting relatives and acquaintances. Then we talked about the old days, and what we've been up to. Then I noticed it suddenly got quiet in the restaurant, and turned to see the cook asleep with his head against the wall, his drink still sitting in front of him. He was sleeping so soundly Hyeonseok and I felt compelled to lower our voices.

"So... How's Dokyeong?"

A short silence passed between us. Only I knew what it was. The cook's beer fizzed quietly on the next table over. The only thing moving in that moment of silence was the smiling *maneki-neko* waving its left arm: *tick tock tick tock.* Suddenly, my phone vibrated on the table. Both Hyeonseok and I looked

-아직 거기?

-어.

-오래 다니네.

-어.

-일은 재밌어?

나는 짐짓 어른스러운 척 반문했다.

-일이 재밌니?

현석이 국수를 뜨며 나와 눈을 마주치지 않고 물었다.

-언제 가?

-다음 주.

우리는 웬만한 일에 크게 들뜨지 않는 30대 중반의 말투로 편안하게 대화를 이어나갔다. 처음엔 나도 조금 멋진 이야기를 하려고 했다. 이곳에선 '생활'이 아니라 '삶'이 보인다는 식의, 현석이 가족이나 손님들에게 이미 지겹게 들었을 법한 관광객의 흔한 인상비평을 했다. 그러다 옛날 이야기도 나누고, 사는 이야기도 했다. 그러다 문득 주위가 조용하다 싶어 옆을 보니 주방장 아저씨가 술잔을 앞에 두고 벽에 기대 졸고 계셨다. 하도 곤히 주무셔서 현석과 나는 자연스레 목소리를 낮춰야 했다.

-그래서…….

at the phone. It was a number I didn't recognize. The phone kept whining.

"Aren't you gonna get it?"

I shook my head and put the phone away in my dress pocket. Strange numbers never bring good news. I reached in Hyeonseok's direction with my chopsticks and picked up a dumpling. Then I gave him an answer appropriate for an old friend asking after my husband: "He's great."

I was shocked that he hadn't heard, but I welcomed the opportunity to be free from unsolicited pity and care just this one day.

"He's still teaching?"

"Yeah. He quit smoking, too."

"He quit smoking?" Hyeonseok shrugged as if to show his disappointment. "So he's going to be wholesome and boring, huh?"

"What's wrong with that?"

"You're right. Next stop: babies."

Hyeonseok asked me if I was "done with my food." I nodded lightly and he looked at his watch.

"By the way," he started.

"It's only five."

"Yeah."

-…….

-도경이는 잘 지내?

-…….

잠시 짧은 정적이 흘렀다. 나만 아는 정적이었다. 옆에 주방장 아저씨의 맥주잔에서 조용히 기포가 피어올랐다. 침묵 속에서 유일하게 움직이는 거라곤 연신 웃는 얼굴로 똑딱똑딱 왼발을 흔드는 마네키네코뿐이었다. 그런데 그때 탁자 위에 올려둔 휴대전화에서 진동음이 울렸다. 현석과 내 시선이 휴대전화 위로 쏠렸다. 모르는 번호였다. 탁자 위에서 휴대전화가 계속 잉잉거렸다.

-안 받아?

고개를 끄덕이며 휴대전화를 원피스 주머니에 넣었다. 낯선 번호가 좋은 소식을 전해주는 경우는 거의 없으니까. 현석 쪽으로 젓가락을 길게 뻗어 만두를 집었다. 그러곤 남편의 안부를 묻는 옛 친구에게 의젓하게 답했다.

-응. 잘 지내.

현석이 그 사람 소식을 모른다는 데 충격을 받았지만 한편으로 이 날만은 불필요한 동정이나 배려에서 벗어날 수 있겠다 싶었다.

"So..." I was going to say, *Should we get tea?*

"You want to get a drink?" Hyeonseok asked as if that was the most natural thing to do next.

We found a place near St. Giles' Cathedral on the Royal Mile. It was a roadside pub with tables set up outside. We ordered two ales and a basket of chips. The streets were filled with the anticipation and excitement of people who'd just arrived at a new place. Lovers, families, healthy retirees on pension, and young artists chattered in their own languages. The season of festivals had arrived.

"You're here on research? Did you have a chance to look around the city?"

"Yeah. A little."

"There are so many things here you shouldn't miss."

"Well, I'm on a tight schedule."

Across the street, a man in a traditional Scottish getup was playing a bagpipe in front of the Adam Smith statue. He was wearing the exact same hat as the guy on the bag of "Scotch Candy" I loved when I was young.

"Which one of the three Scotch Candy flavors

-학교는 잘 다니고?

-어. 얼마 전 담배도 끊었는걸.

-담배를?

현석이 서운한 듯 어깨를 으쓱했다.

-건강하고 재미없는 인간이 되겠다 이거군.

-그게 어때서.

-그래. 이제 아이만 낳으면 되겠네.

얼마 후 현석이 내게 '식사를 마쳤는지' 물었다. 내가 가볍게 고개를 끄덕이자 현석은 시계를 보며 "그나저나……." 하고 말을 이었다.

-아직 5시밖에 안 됐네?

-그러네.

-그럼 이제…….

'차나 한잔 할까' 권하려는데 현석이 당연한 듯 물었다.

-술 마시러 갈까?

로열마일 거리에 있는 세인트 자일스 성당 근처에 자리를 잡았다. 상점 앞에 테이블이 놓인 노천 술집이었다. 우리는 에일 맥주 두 잔과 감자튀김을 주문했다. 거

was your favorite?"

"Coffee."

"Me, too."

"Adults didn't let us have that, though. They said coffee made you stupid."

"Yeah."

"I think they were right."

"What?"

"Coffee does make you stupid."

Hyeonseok whined about his dissertation. I carefully studied Hyeonseok's face as he sat with the clear blue sky behind him. The deep, firm sound of the bagpipe traveled great distances. I'd worried that Hyeonseok would have developed a sense of entitlement, even vengefulness that comes from studying abroad for so many years and putting off reward for so long. I was afraid the sensitivity, justice, and pensiveness of his twenties would have turned into neurosis, anger, and depression, but that turned out to be a smug thought. *I* was the one who'd changed.

A few beers lightened the mood. Hyeonseok and I moved on to more lively, everyday topics. *Asians look younger, so I still get carded sometimes. Not so much an Asian face as a baby face. The Korean ramen here are less spicy. I*

리는 이제 막 낯선 곳에 도착한 이들이 내뿜는 기대와 흥분으로 가득했다. 연인들, 가족들, 혈색 좋은 연금생활자들, 젊은 예술가들이 와자지껄 자기네 나라 말로 떠들었다. 바야흐로 축제의 계절이었다.

–취재한다며 뭐 좀 봤어?

–어. 뭐, 대충.

–대충 보기 아까운 게 많은데.

–어, 그게, 일정이 너무 짧아서.

맞은편 애덤 스미스 동상 앞에서 스코틀랜드 전통 복장을 한 사내가 백파이프를 연주하는 모습이 보였다. 어릴 때 자주 먹은 '스카치캔디' 봉투에 그려진 남자와 똑같은 모자를 쓰고서였다.

–너 스카치캔디 세 가지 맛 중 뭐 가장 좋아했어?

–커피 맛.

–나도.

–어른들이 그거 잘 못 먹게 했잖아. 커피 먹으면 머리 나빠진다고.

–응.

–근데 이제 와서 보니까 사실이었던 것 같아.

–뭐가?

think the exported ones are manufactured separately. Tofu has a longer expiration date here. I think each country has a different "taste." But why would someone put vinegar on potato chips? *Wait 'til you try the chicken fat pie.* We said things that meant nothing whether they were said or not. Words that carried no agenda or point. Words without beginning, end, purpose, or direction— words we exchange with spouses and friends. Our voices grew louder, and when a glass emptied, we raised our hands and hailed someone.

Around midnight, Hyeonseok offered to walk me back to the house.

"It's okay. Isn't this the safest city in Europe?"

"The city is safe, but you might be a danger to it."

There was a park nearby with a nice path, so we took a little detour. Buzzed for the first time in a long while, I walked in long strides, arms swinging at the sides. Fireworks popped in the distance on the other side of the slumbering city.

"You know what?"

"What?"

"The day Dokyeong went to meet your parents for the first time, he stopped by my place."

"He did?"

-머리 나빠진다는 말.

현석은 논문이 너무 안 써진다며 엄살을 부렸다. 나는 맑은 파랑을 등지고 앉은 현석의 얼굴을 가만 바라봤다. 백파이프의 깊고 단단한 소리가 아주 먼 곳까지 퍼져나갔다. 현석에게 긴 유학생활에 생기는 이지러짐, 욕망을 너무 오래 '유예'한 사람의 보상심리랄까, 복수심이 생기지 않았을까 걱정했는데……. 20대의 섬세함은 까다로움으로, 정의감은 울분으로, 우수는 우울로 변하지 않았을까 걱정했는데, 주제넘은 생각이었다. 변한 건 내 쪽이었다.

술이 몇 잔 들어가자 분위기가 한층 가벼워졌다. 현석과 나는 조금 더 활달하고 일상적인 얘기를 나눴다. "동양인은 어려 보여서 술 살 때 신분증을 보자고 할 때가 있어." "그건 '동양인'이 아니라 '동안인' 아니야?" "수출용은 따로 제조되는지 이곳 신라면이 한국 거보다 덜 맵더라?" 따위의 말들이었다. "두부도 유통기한이 더 길어." "정말 나라마다 '입맛'이란 게 있나 봐. 그래도 감자칩에 식초 넣는 건 너무 이상하지 않아?" "네가 속에 닭기름만 넣은 파이는 안 먹어봤구나."라는 식의. 해도 그만 안 해

"Yeah. He came by to borrow my car. I lived in a one-room studio, but my car was decent. My brother's connection. He came first thing in the morning, so I open the door and he was standing there white as a sheet. He said he hadn't slept a wink. He was nervous your parents would say no."

"It was before he got his teaching license."

"Yeah. And there's not a lot of positions for history. Anyway, he was dripping with sweat. He said, 'Hyeonseok, the anxiety is killing me,' and then he threw himself on my futon. You know I never put it away. I wash my pillow cases once a year. He lay there for a few minutes like he'd passed out. Then he got up and gave me this despairing look."

"Why?"

"He got lint all over his suit from my comforter! It was so soft and fuzzy it was impossible to get off. It was hilarious. He was dressed in this all-black suit he put on his credit card. I didn't keep a brush or lint remover around, the appointment time was closing in—in the end, he was so anxious he started hopping from foot to foot.

"Really? I've never heard of this before."

Hyeonseok doubled over with laughter. "Yeah, he completely lost it."

도 그만인 말들. 용건이나 요점이 아닌 말들. 시작도 끝도 목적도 방향도 없는 말들. 그러니까 배우자나 친구하고나 나누는 이야기들 말이다. 우리는 점점 목소리가 커졌고, 잔이 비면 손을 번쩍 들어 누군가를 불렀다.

자정 무렵 현석이 나를 숙소까지 바래다주겠다고 했다.

-아니야. 괜찮아. 여기가 유럽에서 가장 안전한 도시라며.

-도시는 그렇다 쳐도 너는 안 그래 보여서.

근처에 걷기 좋은 공원이 있어 숙소까지 조금 우회했다. 오랜만에 오른 취기에 보폭을 넓혀 휘적휘적 걸었다. 고요히 잠든 도시 너머로 희미한 불꽃놀이 소리가 들렸다.

-너 그거 알아?

-?

-도경이 그 자식 너희 집에 인사드리러 간 날, 우리집에 왔던 거.

-그래?

-어. 차 빌리러 잠깐 들렀어. 내가 원룸 살아도 차는 좋았잖아? 형이 그쪽 일해서. 아침부터 애가 찾아와서

I laughed quietly, too. I could hear his tone and see his expression without having been there when he was panicking. Talking to Hyeonseok, who thought he was still alive, I could almost believe Dokyeong was walking around somewhere in Seoul at that very minute. In the living room watching soccer. At the kitchen table ranting about the department head. At the supermarket discount bin carefully comparing prices.

"Hey, I have an idea."

Mischief suddenly emerged on Hyeonseok's face.

"Let's call him."

"What?"

"What time is it over there? Eh, what does it matter? Let's call him right now."

"Um... Let's not..."

"Why not? You guys called me at three in the morning once from Jeongdongjin. You wanted me to listen to the waves. You were trashed. C'mon, it'll be fun. Let's do it."

"Well... no. He's..."

"He's what?"

"Sleeping."

Hyeonseok looked at me squarely in the face, and then laughed heartily as if to say, *You poor, well-*

문을 열어줬는데 얼굴이 창백하더라고. 한숨도 못 잤대. 허락 못 받을까 봐.

-그때는 임용 전이었으니까.

-그렇지. 역사 쪽은 티오도 적고. 아무튼 그 자식이 땀에 젖은 얼굴로 '현석아 나 긴장돼 죽을 거 같아'라고 말하곤 요 위로 고꾸라지더라고. 내가 이불 안 개고 늘 펴두잖아. 베갯잇도 일 년에 한 번 빨고. 도경이는 한동안 기절한 듯 누워 있었어. 그런데 얘가 일어나자마자 너무 절망적인 표정을 짓는 거야.

-왜?

-양복에 이불 털이 다 달라붙었거든. 극세사라 잘 떼어지지도 않아. 완전 웃겼어. 카드 긁어 블랙으로 쫙 빼입었는데. 내 방에 솔이 있나 뭐가 있나. 약속 시간은 다가오고 나중에는 초조하니까 제자리서 막 경중경중 뛰더라고.

-진짜? 처음 듣는 얘기네.

현석이 배를 잡고 낄낄댔다.

-어. 완전 미친놈 같았어.

현석을 따라 나도 작게 웃었다. 남편이 그 순간 어떤 말투와 표정으로 경중댔을지 안 봐도 다 알 것 같았다.

behaved child!

"So wake him up!" Hyeonseok shouted excitedly. "What's the big deal?"

I think the reason that thing happened that night had to do with my collapsing on the spot. Holding myself up with both hands on the ground, I wailed. This may have surprised Hyeonseok. *What's wrong? Myeongji, what happened? What's wrong?* Hyeonseok didn't know what to do. Then much later when my crying calmed to a sniffle, Hyeonseok said cautiously, "I've been meaning to ask you, but I didn't know how to bring it up."

"What?"

"Did you by any chance..." he stalled for a moment. "...split up with Dokyeong?"

I nodded, amused and heartbroken by the question. *Yes, we split up. We split up a few months ago.* I accepted defeatedly and cried with my mouth hanging open like a child.

So it very well may be that Hyeonseok helped me home, tucked me in, and held my face with one hand as truly no more than a gesture of sympathy. Still upset, I looked dolefully up at Hyeonseok, and then pressed my lips against his eyelid. Hyeonseok

그리고 그렇게— 여전히 그 사람이 살아 있다고 믿는 사람과 그 사람에 관한 이야기를 나누다 보니, 그 시간 남편이 정말 서울 어딘가를 걷고 있을 것만 같은 기분이 들었다. 거실에 앉아 축구를 보고, 식탁에서 교무부장 욕을 하고, 대형마트 통로에서 기획 상품 가격을 꼼꼼하게 비교하고 있을 것 같았다.

 -야. 나한테 좋은 생각이 있어.

 현석의 얼굴에 갑자기 장난기가 스쳤다.

 -우리 도경이한테 전화하자.

 -뭐?

 -한국 지금 몇 시지? 에이, 몇 시면 어때. 당장 해보자.

 -어…… 안 돼…….

 -왜? 너희도 새벽 3시에 정동진에서 전화한 적 있잖아. 파도 소리 들어보라고. 잔뜩 취해서. 야, 재밌겠다. 한번 해보자.

 -어, 안 돼. 그 사람 지금…….

 -지금 뭐.

 -그러니까 그 사람 지금…….

 -어.

 -자고 있어…….

gently pulled back with a surprised look. I don't know if it was the tears or the drinks, but his face was layers of blurs. Hyeonseok hesitated for a moment and gave me a calm, polite response by kissing me in kind on my eyelid. We looked at each other with request and consent in our eyes, and in time our lips met. *You taste good. It's the alcohol. No, you really taste good.* Hyeonseok said things he normally wouldn't say. In the dark, our breaths mingled. When I felt his flesh against mine, the soles of my feet burned and my body grew hot. I raised my arms over my head and tugged the dress off. Hyeonseok's hand caressed my breast and slowly made its way down to my belly button. Then I felt him stop at one point and hesitate to go further. The moment I thought, *Oops*, it was already too late. I was so utterly dazed that I didn't realize the light was off, and quickly pulled the lamp cord thinking, *I have to turn out the light*. The room instantly filled with light. The dry light fell on my stark, naked body. I saw Hyeonseok's pupils and jaw slowly open. He struggled to regroup and find inoffensive words to say. But he couldn't seem to find them, or maybe nothing could be said in moments like this that wouldn't sound rude. He tormented himself and

문득 현석이 멈춰서 나를 말갛게 바라봤다. 그러곤 '세상에, 이런 순진한 사람이 있나' 하는 얼굴로 너그러운 미소를 지었다. 현석은 신이 난 듯 과장된 목소리로 외쳤다.

—야, 그럼 깨우면 되잖아! 뭐가 어려워.

그러니 그날, 그런 일이 생긴 건 그 자리서 내가 주저앉아버렸기 때문인지도 모르겠다. 두 손으로 바닥을 짚은 채 목 놓아 운 바람에 현석이 당황해버린 탓인지도 모르겠다. 현석은 어쩔 줄 몰라 하며 "왜 그래? 명지야, 무슨 일 있어? 왜 그래?" 물었다. 그러곤 한참 후 내 울음이 잦아들었을 즈음 조심스레 입을 뗐다.

—명지야, 아까부터 네가 불편해 할까 봐 못 물어봤는데.

—……?

—혹시 너…….

—…….

—도경이랑 헤어졌니?

나는 현석의 질문이 우습기도 하고 슬프기도 해 고개를 끄덕였다. 어, 우리 헤어졌어. 헤어진 지 몇 달 됐어……. 허탈하게 인정하며 아이처럼 울어버리고 말았다.

then gave up.

*

Hyeonseok and I had tea in the kitchen. He filled the electric pot, took the cups from the cupboard, and asked if I wanted black or green tea while I sat like a tame guest with a glum look on my face. We were, of course, both clothed now. The strange peace after the sexual energy had dissipated hung forlornly between us.

"Myeongji," he said.

I said nothing.

"You're not going to smile if I asked you to, are you?"

I smiled faintly at him.

"The older people get, the more they chew over the past, you know what I mean? Or reflect back. I've been doing that a lot lately. The what if's. Don't you?"

"If I were a man. If I weren't Korean."

Hyeonseok replied, like playing ping pong, "If I hadn't finished my thesis. If I hadn't gone abroad to study. If I'd listened to my high school teacher and applied for the business department."

"If the Korean War hadn't broken out? If the Jo-

그러니 현석이 나를 숙소까지 부축해주고, 침대에 누이고, 이불을 덮어준 뒤 한 손으로 얼굴을 감싼 건 정말이지 '위로'였는지도 몰랐다. 진정되지 않은 마음으로 현석을 서글프게 바라보다 나는 그만 현석의 눈꺼풀에 입술을 갖다 대고 말았다. 현석이 살짝 물러서며 놀란 표정을 지었다. 눈물 때문인지 취기 탓인지 현석의 얼굴이 겹겹이 흔들려 보였다. 현석은 잠시 머뭇대다 내 눈꺼풀에 똑같이 입 맞춰주는 식으로 정중하고 고요한 화답을 해왔다. 우리는 질문과 동의가 담긴 눈으로 서로를 바라봤다. 그러곤 어느 순간 자연스레 입술을 포갰다. "침이 맛있네." "술 마셔서 그래." "아니야, 맛있어." 현석이 평소 안 하는 말을 했다. 어둠 속에서 누구의 숨소리인지 분간되지 않는 호흡이 엉겼다. 살과 살이 맞닿자 발바닥이 화끈거리며 몸에 열이 올랐다. 머리 위로 팔을 올려 원피스를 벗었다. 현석의 손이 내 가슴에서 배꼽으로 천천히 내려갔다. 그런데 어느 순간 더 나아가지 못하고 주저하는 게 느껴졌다. 순간 '아차' 하는 생각이 들었지만 이미 늦은 뒤였다. 내가 너무 심각하게 당황한 나머지 방안이 어둡다는 것도 모르고, '불을 꺼야 한다'는 생각만으로 황급히 스탠드 줄을 잡아당겼

seon Dynasty hadn't collapsed?"

"Those weren't your decision, though."

"There are no decisions that are entirely your own. They just seem that way in the end."

"There are."

"Are there?"

"Yes."

Hyeonseok wrapped his hands around his tea cup. The water grew a darker shade of brown around the tea bag.

"Are you coming back to Korea when you finish your dissertation?"

"I don't know. I don't know if I'll even get the degree. There's nothing waiting for me in Korea anyway."

"When you're outside, you envy what they've built on the inside; and when you're on the inside, you envy what they can do on the outside. I think that's how it is with academics."

Hyeonseok nodded.

"Are you worried?"

"Nah. I just wonder where I would be and with whom if I'd chosen differently then." He continued, "Remember that time you and I went to the movies together? When Dokyeong was in the army. We

기 때문이다. 동시에 주위가 급작스레 밝아졌다. 마른 불빛이 발가벗은 내 육체 위에 고스란히 쏟아졌다. 현석의 동공과 입이 서서히 벌어지는 게 보였다. 현석이 겨우 침착함을 되찾고, 상대에게 결례되지 않는 말을 찾으려 했다. 그러나 그런 말이 떠오르지 않는 듯, 세상에 그런 말은 없는 듯 곤혹스러워하다 아무 말도 못 했다.

*

현석과 부엌에서 차를 한잔 했다. 현석이 전기주전자에 물을 받고, 컵을 꺼내고, 홍차가 좋은지 녹차를 주련지 묻는 동안 시무룩한 얼굴로 예의 바른 손님처럼 앉아 있던 쪽은 나였다. 물론 둘 다 옷을 입은 채였다. 성적 흥분이 가라앉은 뒤 들이닥친 묘한 평화가 우리 사이를 쓸쓸하게 맴돌았다.

-명지야.

-…….

-'좀 웃어'라고 해도 안 웃을 거지?

나는 현석을 바라보며 희미하게 웃었다.

-나이 들수록 사람이 '반추'라는 걸 하게 되잖아. '복기'라 해도 좋고. 요즘 나는 그런 생각을 자주 하게 되더라. '만일 그때 내가 이랬더라면…… 이러지 않았더라

74

went to Jongno."

"Yeah."

"The buses stopped running, so we walked a little. We walked through a park near some art gallery. I held your hand for a moment there. Do you remember?"

"You did?"

"Were you really drunk, or did you act drunk? I can't believe you don't remember. Well, maybe you're still pretending not to remember."

"What does it matter anyway?"

"If I hadn't let go of your hand, do you think we'd have been together now?"

*

I went into the guest room and laid down without taking a shower. I realized that I had used the bed in the master bedroom for the first time. A sour sense of guilt came over me. I stared up at nothing for a while and then bowed my head into the dress to take it off. Spots of white scabs covered my body. It looked like a mark left behind by scores of small grenades that detonated inside me. Like the flash of the fireworks that left an ashen

면' 하는. 너는 안 그래?

　-내가 남자였다면, 내가 한국인이 아니었다면.

　현석이 탁구 치듯 운을 맞췄다.

　-논문을 안 썼더라면. 유학을 안 갔더라면. 그냥 경영학과 넣으라는 담임 말을 들었더라면.

　-6·25가 안 일어났다면, 조선이 안 망했다면?

　-그건 내가 한 선택들이 아니잖아.

　-온전히 자기가 하는 선택이 어디 있어. 결과적으로 그렇게 보일 뿐이지.

　-있어.

　-그래?

　-그래.

　현석이 찻잔을 감싸 쥐었다. 티백 주위로 갈색 찻물이 점점 진하게 번져가는 게 보였다.

　-논문 마치면 한국 들어올 거지?

　-모르겠다. 학위를 딸 수나 있으려나. 돌아가도 별거 없고.

　-밖에 있으면 안에서 쌓은 게, 안에 있으면 밖에서 만든 게 부러운 모양이더라. 공부하는 사람들.

　현석이 가만 고개를 끄덕였다.

imprint in the sky and froze in the shape it exploded. Hyeonseok must have discovered them with his hands before seeing them with his eyes.

I stretched out my arm and grabbed the phone off the nightstand. The screen bathed my face with a friendly yet barren glow. I remembered waking Dokyeong up and blabbering nonsense at him every time I came home late from a company dinner. I said the same thing over and over. He would plead, *I hate it when you drink and do this. Go brush your teeth and wipe off your makeup and come to bed.* I held down the home button and summoned Siri. Like someone with multiple personalities changing expressions when a different identity is coming up, the ripple on the screen seemed to be waking up Siri. Siri asked once again, the same question she always asked.

"What can I help you with?"

I thought about what I'd like to say, and then asked an absurd question: "Do you want to sleep with me?"

For some time, we had an inane, meaningless conversation on pointless, directionless topics. As always, Siri did her best to do what she could. I finally asked something I was genuinely curious

-불안해?

-누가 그렇대? 그냥 그때 다른 선택을 했다면 지금
나는 누구랑 어디에 서 있을까 궁금하다는 거지.

-…….

-너 나랑 영화 본 적 있잖아. 왜 도경이 군대 있을 때.
종로에서.

-응.

-그때 차 끊겨서 우리 좀 걸었잖아. 무슨 미술관 근처
공원이었는데. 그때 내가 잠깐 네 손 잡았던 거 기억해?

-그랬나?

-넌 정말 취했던 거야, 취한 척한 거야? 그걸 기억 못
하다니. 아니, 지금도 기억 안 나는 척하는 건가?

-그게 왜?

-그때 내가 만일 네 손 안 놓았으면, 우린 지금 같이
있었을까?

*

작은방으로 들어가 씻지도 않고 누웠다. 그러곤 내가
처음으로 '안방' 침대를 사용한 걸 깨달았다. 비릿한 자
괴감이 들었다. 잠자코 허공을 응시하다 원피스 안으로
고개를 집어넣었다. 몸통 가득 하얗게 허물 덮인 열꽃

about.

"What is pain?"

Siri said, "OK, I found this on the web for 'pain.'"
She brought up the search result on her face.

OK, I found this on the web for 'pain.'

Chapter 5. The Fundamental Nature of Pain
www.ccsm.or.kr
What is pain? There are three main things. First,
pain is "God's test of faith."

College Report: Pain According to Buddhism
www.newsprime.co.kr
www.happycampus.com
Recommended related article: [Buddhism] What is
suffering and its solution?

Click Here For Catholic News
www.catholictimes.org
To meet, to part, and to be unfulfilled are all pain.
Everything is pain. The cause of pain is obsession.

TV Celebrity K Sex Video Leak "Unimaginable Pain..."

I didn't see any article that could give me an an-
swer. Besides, I didn't want a search result. I want-
ed to talk about it. Just the two of us.

Frustrated and disappointed, I muttered quietly,
"You idiot!"

이 보였다. 몸속에서 수류탄이 쉴 새 없이 터져 생긴 흔적 같았다. 폭죽처럼— 파열의 잔상을 남긴 뒤 허공에서 불꽃 모양 그대로 굳어버린 재 같았다. 현석은 눈이 아닌 손으로 먼저 알았을 거다.

탁자 위로 손을 뻗어 휴대전화를 집었다. 스마트폰 불빛이 다정하고 황량하게 내 얼굴을 비췄다. 회식 후 집에 늦게 들어올 때마다 남편을 깨워 이런저런 헛소리를 한 기억이 났다. 한 이야기 또 하고, 한 이야기 또 하고. 남편은 '너 취해서 이러는 거 정말 싫다'고 '빨리 이빨 닦고 화장 지우고 자라'며 애원했는데. 오랜만에 홈버튼을 눌러 시리를 호출했다. 다중인격자가 특별한 인격을 부를 때 순간적으로 표정이 변하듯, 화면 위 파동이 시리의 상태를 바꾸는 게 보였다. 시리는 내게 언제나 물어온 걸 한 번 더 물어왔다.

 ─무엇을 도와드릴까요.

 잠시 무슨 말을 해야 하나 고민하다, 뜬금없는 질문을 던졌다.

 ─나랑 잘래요?

"I'm doing my best," said Siri, genuinely hurt. To give her another chance, I asked Siri if there was any meaning to my pain. Like she always does when she gets a tricky question, she said, "I'm not sure I understand."

"Do you have a soul?"

"Interesting question," she said. "What were we talking about?" She tried to avoid the topic. Disgruntled by the way she kept tactfully changing the subject, I asked the question I most desperately needed answering.

"Where do people go when they die?"

A short pause. Siri replied, "Where would you like directions to?"

I said nothing.

"Where would you like to go?"

"..."

"Sorry. I missed that."

I waited quietly. It was strange. Siri seldom responded to the user's silence. It was odd to hear her speak unprompted twice in a row. Perhaps somewhere out there, someone imagining the imagination of another had programed concern for this "someone" into this pattern. But it stopped

시리와 한동안 요점 없고 방향 없는 얘기, 쓸데없고 의미 없는 대화를 나눴다. 시리는 여느 때처럼 성실하게 자신이 할 수 있는 일을 하려 했다. 얼마 뒤 나는 진지하게 궁금한 걸 물어봤다.

-고통이란 무엇인가요?

시리는 "고통에 대한 검색 결과입니다"라고 말한 뒤 제 얼굴에 관련 사이트를 띄웠다.

웹 검색
고통이란 무엇인가요.

제 5과 고통의 본질
www.ccsm.or.kr
고통이란 무엇입니까? 크게 세 가지를 말씀하셨습니다. 첫째, 고통이란 '하나님의 시험이다'라는 겁니다.

불교에서 말하는 고통이란 무엇인가 리포트
www.newsprime.co.kr
www.happycampus.com
추천 연관자료 [불교] 자신이 생각하는 고란 무엇이며 그 고에 대한 해결방법은 무엇인가?

카톨릭 신문기사 보기
www.catholictimes.org
만남도 헤어짐도 성취하지 못함도 고통이요, 만사가 고통입니다. 고통의 원인은 집착입니다.

톱스타 K모씨 비디오 유출로 '상상할 수 없는 고통……'

---

there. When Dokyeong first summoned Siri, her voice reminded me of the subway announcements. A being that kindly informed of the destination and recommended subway exits, but... That day, Siri felt like a friend who could tell you how to get somewhere but couldn't come with you. So I asked a question I wished I hadn't.

"Are you real?"

A small silence. A thin crack appeared on Siri's dark face. The familiar voice came a few seconds later.

"I'm sorry. I'm afraid I can't answer that."

The next day, I packed my things and headed for the airport. I still had time until departure date, but I paid a fee and changed the date. I had checked in and was sitting at the gate when I got a text message from Hyeonseok. It seemed he'd asked around our college friends after we parted that night. His short text contained a very complex feeling.

Why didn't you tell me?

There was sadness, apology, confusion, and longing in his words. What do I tell him? I was thinking of an answer when the second message

대답을 줄 만한 자료는 보이지 않았다. 더구나 나는 검색이 아니라 대화를 하고 싶었다. 그것도 상대와 단둘이서만. 나는 답답함과 서운함을 담아 조그맣게 중얼거렸다.

　-멍청아!

　-세상에, 나름 최선을 다해 봉사한다 생각했는데.

　시리가 진심으로 섭섭한 듯 말했다. 나는 시리에게 내 고통에 의미가 있냐고 물었다. 시리는 곤란한 질문을 받을 때 늘 그러듯 '제가 잘 이해한 건지 모르겠다'고 답했다. "당신도 영혼이 있나요?"라고 물었을 때 '정말 좋은 질문'이라고, "그런데 전에 우리가 무슨 이야기를 하고 있었죠?"라고 딴청을 부렸다. 자꾸만 매끄럽게 도망가는 모양이 못마땅해 나는 그즈음 가장 궁금했던 걸 물었다.

　-사람이 죽으면 어떻게 되나요?

　짧은 침묵이 흘렀다. 이윽고 시리가 되물었다.

　-어디로 가는 경로 말씀이세요?

　-…….

　-어디로 가고 싶으신가요?

　-…….

arrived.

Let's get tea before you leave, if it's okay with you.

I wrote, rewrote, and erased a long sentence.

I'm sorry. There was a change of plans at work. I'm at the airport waiting for my flight. Take care, Hyeonseok.

Outside the window, a big, heavy airplane struggled off the runaway.

*

The mailbox was stuffed with bills and fliers. I stepped into the elevator hugging the stack of envelopes with mine and your name on it. I stood at the door and pressed the door code that was a combination of your birthday and mine. The tepid air that pooled in the apartment for about a month stirred when the outside air rushed in. I left the suitcase by the shoe closet, tossed the envelopes on the kitchen table, went into the bedroom, and threw myself on the bed. I couldn't remember when it began, but sleep came over me at all hours of the day. The scent of "our house" hung in the dimly lit bedroom. The scent you and I made together. I soon fell into a quick, deep sleep. I scratched my neck and belly several times

-죄송해요. 잘 못 알아들었어요.

-…….

　나는 잠자코 기다렸다. 시리가 사용자의 침묵에 호응하는 일은 드문데 이상했다. 그것도 연거푸 세 번이나 혼자 말하는 게 낯설었다. 어쩌면 저 먼 데서 '누군가의 상상을 상상하는' 한 인간이 이런 일을 예상하고, 프로그램 안에 '누군가'를 향한 걱정을 담아 넣은 것일까. 하지만 거기까지였다. 처음 음성인식 프로그램을 접했을 때 나는 시리의 목소리가 지하철 안내방송 멘트와 비슷하다 여겼다. 상냥하게 '행선지'를 일러주고 어느 '출구'로 나가면 좋을지 알려주는 그런 존재와……. 그런데 순간 시리가 누군가에게 목적지로 가는 법은 말해줄 수 있어도, 거기까지 함께 가주지는 못할 친구처럼 느껴졌다. 그래서 그만 안 해도 좋을 질문을 했다.

-당신은 정말로 존재하나요?

　작은 고요. 시리의 캄캄한 얼굴 위로 가느다란 실금이 갔다. 몇 초 후 익숙한 음성이 들렸다.

-죄송합니다. 답변해드릴 수 없는 사항입니다.

*

　이튿날 짐을 싸서 공항으로 갔다. 귀국일까지 아직 시

as I slept. The spots latched onto me in Korea, followed me to England, and doggedly flew back home with me. Like a plague of locusts, they sedulously nipped at my body.

Before dawn, I came out into the kitchen for a drink of water and saw the letter. The pink envelope poking its nose out among a stack of mail wearing garish or businesslike faces. I thought it might be a wedding invitation, the paper was heavy stock and pretty. Water still in hand, I walked over to the kitchen table and picked up the envelope. There was no stamp on the envelope. No sender address or name either. There was nothing on the envelope except the name of the recipient. It was in a large, crooked handwriting you would expect from a child who was just learning to write.

For Mrs. Kwon Dokyeong

My heart immediately started pounding. Steadying my shaking hands, I carefully tore the flap of the envelope that was meticulously glued. The envelope contained letter stock the same color as the envelope.

간이 남았지만 수수료를 물고 날짜를 바꿨다. 수속을 마치고 탑승구 앞 의자에 앉아 있는데 현석에게 문자메시지가 왔다. 그날 나와 헤어진 뒤 동기들에게 연락해 무언가 물은 모양이었다. 짧은 문장 안에 복잡한 심정이 담겨 있었다.

－말해주지 그랬니…….

서운함과 미안함, 혼란과 안타까움이 섞인 말이었다. 뭐라고 답해야 하나……. 고민하는 사이 현석에게서 두 번째 메시지가 왔다.

－괜찮다면 가기 전에 차 한잔 하자.

나는 긴 문장을 쓰다, 고치다, 지웠다.

－미안해. 회사 일정이 좀 바뀌어서 공항에 나와 있어. 잘 지내, 현석아.

창밖으로 비행기 한 대가 육중한 몸을 이끌고 힘겹게 이륙하는 모습이 보였다.

*

우편함에 고지서와 전단지가 가득했다. 내 것과 남편 이름이 뒤섞인 종이 뭉치를 가슴에 안고 승강기에 올랐다. 현관 앞에 서서 당신 것과 내 생일을 섞어 만든 비밀번호를 눌렀다. 한 달 남짓 집에 고인 미지근한 공기가

Dear Mrs. Kwon,

Hello, I'm Kwon Jieun. I'm the older sister of Kwon Jiyong from B Middle School Grade 7 Class 5. If you recognize Jiyong's name, the student who died was my brother.

I tried calling you a few times, but I think you're busy so I'm writing you this letter instead. I ought to visit you in person, but I can't so I asked Jiyong's friend for your contact info. I'm sorry if you find this rude.

I'm sorry about my handwriting.

My right side was suddenly paralyzed last year, so I can't write well. I used to carry Jiyong on my back every time Jiyong cried for our mother who passed away, but after my paralysis, he looked after me like a grownup. The house is so quite now without him that I'm startled by the sound of my own footsteps.

I saw Jiyong in my dream a few days ago. I think he turned up because it'd been around one hundred days since he'd gone. "Hey, how're you doing?" He asked in his usual voice, but I was surprised to see he was taller and he had a mature look in his eyes. "I came to see how you're doing. But I have to go soon." I was upset in my dream that he had to go so soon. Jiyong said, "Thanks for raising me and carrying me on your back, Sis. Don't forget to eat now that you're on your own. I gotta go. I love you,

바깥바람과 만나 몸을 뒤척였다. 신발장 앞에 캐리어를 세워두고, 식탁 위로 우편물을 던진 뒤, 안방으로 들어가 그대로 쓰러졌다. 언젠가부터 시도 때도 없이 잠이 쏟아졌다. 어둑한 안방에서 '우리 집 냄새'가 났다. 당신과 같이 만든 냄새였다. 나는 이내 깊은 잠에 빠져들었다. 잠결에 몇 번 목덜미와 아랫배를 긁적였다. 반점은 한국에서부터 내 몸에 들러붙어, 영국까지 따라와 기어이 같이 귀국했다. 농작물을 갉아먹는 메뚜기 떼처럼 우르르 몰려와 성실하게 내 몸을 갉았다.

새벽녘, 잠에서 깨 물을 마시러 나왔다 그 편지를 봤다. 조잡하거나 사무적인 표정을 한 우편물들 사이로 분홍빛 봉투가 코를 내민 게 눈에 띄었다. 종이가 두껍고 화사해 처음에는 청첩장인 줄 알았다. 컵을 든 채 식탁으로 가 봉투를 집었다. 우편 소인이 찍히지 않은 편지였다. 보낸 사람 주소와 이름도 없었다. 봉투 위에 적힌 거라곤 '받는 사람' 이름 한 줄 뿐이었다. 이제 막 한글을 뗀 아이가 쓴 것처럼 크고 투박한 글씨였다.

  -권도경 선생님 사모님께

Sis. "

I'm embarrassed to say I hadn't thought about it for a long time, but when I saw Jiyong in my dream, I thought of you and Mr. Kwon.

Even as I write this letter, I miss Jiyong so much. You miss Mr. Kwon a lot, too, don't you? When I think about that—I don't know what to say.

This may sound strange, but I'm writing this letter to say thank you. Jiyong used to get scared easily, and it makes me feel a bit better knowing that the last thing he grabbed was Mr. Kwon's hand, not just the cold water. I know it's selfish of me to say.

I will of course be indebted to you for as long as I live, and I'll always wonder how you are for as long as I live. When I think about the moment Mr. Kwon grabbed Jiyong's hand, it makes me cry. But I don't know what it is I feel.

Don't forget to eat now that you're on your own.
I'm sorry, and thank you.

I stood where I was and breathed slowly. Some-thing doughy came up my throat. It was as if I was

순간 가슴이 빠르게 뛰는 게 느껴졌다. 가늘게 떨리는 손으로 단단히 풀칠이 된 봉투를 조심스레 뜯었다. 안에서 봉투와 똑같은 색깔의 편지지가 나왔다.

권도경 선생님 사모님께

안녕하세요.

저는 중학교 1학년 5반 권지용 학생의 누나 권지은이라고 합니다.

사모님께서 혹시 지용이의 이름을 아신다면, 그 학생이 제 동생이 맞아요.

몇 번 전화 드렸는데, 바쁘신 것 같아 편지로 인사드려요.

직접 찾아 봬야 하는데 방법이 없어 지용이 친구한테 연락처를 물었습니다.

기분 나쁘셨다면 죄송해요.

글씨가 엉망이라 죄송합니다.

작년에 갑자기 마비가 와 오른쪽 몸을 잘 쓸 수 없게 되었어요.

예전엔 지용이가 돌아가신 엄마를 찾으며 울 때마다 제가 자

finally meeting with something I'd been wondering about since you left, But I didn't know what it was. I reread her letter. The sentences she must have written many times to make them legible tottered precariously on the lines. I followed each pains-takingly written word, and smiled sadly at "I don't know what to say." I remembered Siri saying the same thing when I asked her, "What's your opin-ion on humans?" I followed each crooked line with my eyes until my vision blurred. I saw Jiyong's face over the stained lines. *Help.* I saw the eyes of the child who could barely yell for help as the water kept rushing into his mouth, as he stretched his hand out toward the world. The very eyes I'd been trying not to see since you left. I was still angry at you that you threw your life away trying to save someone else's. Didn't you think about us, just for a moment, a split second? What about me? I dissected and weighed the heart of a per-son already gone. But confronted with the words before me, I could picture you at that place on that day when you first saw your student in the water. I saw the face of one life looking at anoth-er, fear-stricken. What else could you have done in that moment? Perhaps that moment, that day

주 업어줬는데,

제가 이렇게 되고부터는 오히려 그 애가 저를 어른처럼 보살
펴줬어요.

그런데 요즘은 집이 너무 조용해 제가 제 발소리를 듣다 놀라
요.

며칠 전 지용이가 제 꿈에 나왔습니다.

아마 집 떠난 지 백일쯤 돼 그랬나 봐요.

누나 잘 지내?

평소처럼 인사하는데 그새 키도 크고 눈빛도 자라 조금 놀랐
어요.

누나 잘 지내는지 보려고 왔어.

그런데 금방 가봐야 해.

너무 짧은 시간이라 꿈에서도 막 서운했는데.

지용이가 제게 이런 말을 했어요.

누나 나 키워주고 업어줘서 고마워.

누나 혼자 있다고 밥 거르지 말고 꼭 챙겨 먹어.

누나, 나 이제 갈게.

누나 사랑해.

사실은 부끄럽게도 오랫동안 생각 못 했는데.

wasn't about a life plunging to his death, but one life leaping toward another. I'd never thought of it that way before. Soon, I felt an unbearable longing for you. I put the letter down and grasped the corners of the kitchen table. I felt I had to lean on something. Was that girl eating well? How badly was she starving herself that her brother had to turn up in her dream to remind her? I tried to hold back, but several drops of thick, heavy tears plopped onto the letter. Over the spots that had scabbed over, peeled, and emerged again, over the stains that showed no sign of fading, teardrops fell. I missed you so very badly.

꿈에서 지용이를 보고 나서야

권도경 선생님과 사모님이 떠올랐습니다.

저는 지금도 지용이가 너무 보고 싶어요.

사모님도 선생님이 많이 그리우시죠?

그런 생각을 하면…….

뭐라 드릴 말씀이 없어요.

이런 말은 조금 이상하지만,

감사하다는 인사를 드리고 싶어 편지를 써요.

겁이 많은 지용이가 마지막에 움켜쥔 게 차가운 물이 아니라

권도경 선생님 손이었다는 걸 생각하면 마음이 조금 놓여요.

이런 말씀 드리다니 너무 이기적이지요?

평생 감사드리는 건 당연한 일이고,

평생 궁금해하면서 살겠습니다.

그때 권도경 선생님이 우리 지용이의 손을 잡아주신 마음에

대해.

그 생각을 하면 그냥 눈물이 날 뿐,

저는 그게 뭔지 아직 잘 모르겠거든요.

사모님, 혼자 계시다고 밥 거르지 말고 꼭 챙겨 드세요.

죄송하고, 감사합니다.

　그 자리에 선 채 가만히 호흡을 가눴다. 목으로 물컹한 것이 올라왔다. 당신을 보낸 뒤 줄곧 궁금해 한 무엇과 만난 기분이었지만 그게 뭔지 알 수 없었다. 나는 그 편지를 다시 읽어보았다. 상대가 글씨를 알아볼 수 있도록 몇 번을 연습했을 문장들이 직선 위에 불안정하게 서 있었다. 한 자 한 자 힘겹게 쓴 글씨를 따라가다 '뭐라 드릴 말씀이 없어요.'라는 부분에서 쓸쓸하게 웃었다. 언젠가 '인간에 대해 어떻게 생각해요?'라 물었을 때, 시리가 같은 답변을 들려준 적이 있어서였다. 그 애의 삐뚤빼뚤한 글씨를 따라 읽다 나도 모르게 눈이 흐려졌다. 얼룩진 문장 위로 지용이의 얼굴이 겹쳐 보였다. 살려주세요. 소리도 못 지르고 연신 계곡물을 들이키며 세상을 향해 길게 손 내밀었을 그 아이의 눈이 아른댔다. 당신이 떠난 후 줄곧 보지 않으려 한 눈이었다. 나는 당신이 누군가의 삶을 구하려 자기 삶을 버린 데 아직 화가 나 있었다. 잠시라도 정말이지 아주 잠깐만이라도 우리 생각은 안 했을까. 내 생각은 안 했을까. 떠난 사람 마음을 자르고 저울질했다. 그런데 거기 내 앞에 놓인 말들과 마주하자니 그날 그곳에서 처음 제자를 발견했을 당신의 모습이 그려졌다. 놀란 눈으로 하나의 삶이 다른 삶을 바라보는 얼굴이 떠올랐다. 그 순간 남편이 무엇을 할 수 있었을까……. 어쩌면 그날, 그 시간, 그곳에선 '삶'이 '죽음'에게 뛰어든 게 아니라 '삶'이 '삶'에게 뛰어든 것일지도 모른다는 생각이 들었다. 처음 드는 생각이었다. 그러자 당신이 못 견디게 그리워졌다. 편지를 내려놓고 두 손으로 식탁 모서리를 잡았다. 어딘가 기대지 않으면 안 될 것 같았다. 혼자 남은 그 아이야말로 밥은 먹었을까? 얼마나 안 먹었으면 동생이 꿈에서까지 부탁했을까. 참으려 했는데 굵은 눈물 몇 방울이 편지 위로 툭툭 떨어졌다. 허물이 덮었다 벗겨졌다 다시 돋은 반점 위로, 도무지 사라질 기미를 보이지 않는 얼룩 위로 투두둑 흘러내렸다. 당신이 사무치게 보고 싶었다.

창작노트
Writer's Note

지난해, 에든버러 인문고등연구소의 창작프로그램에 참여했다. 6월부터 8월까지 시내에서 외떨어진 오두막에 혼자 머물며 여름을 났다. 스코틀랜드의 여름은 좀 '춥다' 싶을 정도로 스산했고, 한국에서는 '그해 4월' 벌어진 일이 날마다 뉴스로 쏟아져 나왔다. 나는 그 뉴스와 여름을 났다.

해가 지면 대부분의 가게가 문을 닫는 동네에서 할 수 있는 일은 많지 않았다. 하루 종일 비가 오는 날은 더했다. 나는 지은 지 수백 년 된 석조건물에 살았다. 아름답고 고풍스럽지만 너무 오래된 탓에 창을 열 수 없는

Last year, I was at the Institute for Advanced Studies in the Humanities at the University of Edinburgh as a writer-in-residence. I lived alone in a cottage on the outskirts of the city from June through August and spent the summer there. Summer in Scotland was so chilly as to be a bit cold, and summer in Korea was inundated with news of what happened in April that year. I spent the summer with those stories.

There wasn't much to do in a town where most stores closed when the sun went down. It was worse when it rained all day. I lived in a stone brick cottage built several hundred years ago. It was beautiful and classic, but so old the windows did

집이었다. 유리가 박힌 길쭉한 창문은 액자처럼 벽에 전부 붙박여 있었다. 환기를 하려면 환풍기를 돌리거나 대문을 열어야 했다. 나는 외진 곳에 혼자 산다는 이유로 겁이 나서 문을 자주 열지 못했다.

온종일 오두막에 갇혀 비 닿는 소리를 들을 때면 그 집이 돌로 된 배처럼 느껴졌다. 창밖 흔들리는 나무는 파도에 출렁이는 해초처럼 보였고 유리창에 부딪히는 빗방울은 누군가의 노크 소리처럼 들렸다. 그때마다 나는 침대에 꼼짝 않고 누워 스마트폰으로 한국 뉴스를 찾아봤다. 책상이 없지 않으나 숙소 내 온도가 낮아 추위를 피하려면 어쩔 수 없었다. 침대에 똑바로 누운 채 신문을 읽다 보면 어느 순간 눈물이 흘렀다. 아무것도 보지 않고, 읽지 않을 때조차 난데없이 얼굴이 젖었다. 지금도 지난여름을 떠올리면 온몸에 붉은 반점이 난 채 멍하니 천장을 올려보던 내 모습이 떠오른다.

이 단편에 관해서라면 할 말이 많다 생각했는데 막상 쓰려고 보니 그렇지 않다. 작품 '바깥'이란 게 이렇게 허허롭구나, 황량한 자리로구나 새삼 깨닫는다. 그래도

not open. The long windows were glass panes built into the walls like picture frames. To ventilate, one had to turn the fan on or open the front door. Because I was living alone in a secluded area, I was too scared most of the time to leave the door open.

On days when I locked myself in the cottage and listened to the rain all day, the house felt like a great ship made of stone. The trees swaying outside the window looked like aquatic plants, and the raindrops on the window sounded like someone's urgent knock. On days like that, I confined myself to the bed and scrolled through news from Korea on my phone. There was a desk, but I had to crawl in bed to keep myself warm in the cold cottage. I read the news, lying very still on the bed as though I were on a life raft, and tears would come. Even when I wasn't reading or looking at anything, my face would suddenly become wet with tears. Even now, when I think of last summer, I remember staring up at the ceiling with my body covered in red spots.

I thought I'd have a lot to say about this story, but as I sit down to write about it, I see that isn't so. I am once again reminded that the space "outside" the story is empty and desolate. But I can share

창작 과정에서 버렸거나 새로 쓴 장면에 대해서는 몇 마디 보탤 수 있을 듯하다. 나는 '명지와 현석이 처음 만나는 장면'을 염두하고 이 단편을 시작했다. 배경은 중국집이 아닌 '로열마일'이고, 명지가 해질녘 노천카페에 앉아 있는 설정이었다. 떠들썩한 축제 한복판에서 혼자 스마트폰을 들여다보는 여자의 '몰두'를 그리려 했다. 그 거리에서 홀로 빛나는 네모난 빛이 마치 '이상한 나라의 폴'에 나오는 구멍처럼 다른 세계로 통하는 작고 수상한 창처럼 여겨진 까닭이었다. 이 장면은 약속 장소에 뒤늦게 도착한 현석이 명지에게 '무얼 그리 열심히 보고 있느냐'며 묻는 말로 끝난다. 아니, 그렇게 맺으려 했으나 그러지 못했다. 거기에는 많은 이유가 있다.

작년 봄 이후, 한국의 많은 작가들이 작품 활동을 하지 못하거나 어렵게 해나간 걸로 안다. 동시대 시인과 소설가, 비평가 말이 무너진 자리에서 가까스로 말의 의미와 쓸모를 찾아 나섰고, 그렇게 몇 마디를 떼는 데 몇 계절이 걸린 걸로 안다. 그 작업은 여전히 진행 중이다. 그들의 글을 열심히 찾아 읽으며 어느 순간 내가 동료들의 말에 기대고 있다는 걸 알았다. 우리가 함께 어

some things about the scenes that were taken out or rewritten in the writing process. The scene where Myeongji and Hyeonseok meet inspired this story. It was set on the Royal Mile, not the Chinese restaurant, and in this scene, Myeongji was sitting at a roadside café at sunset. I wanted to portray the focus of a woman immersed in her phone as a lively festival went on around her. I thought the solitary rectangular light on that street was like a small, strange window to a different world, like the portal in *Paul's Miraculous Adventures*. This scene concludes with Hyeonseok arriving late and asking Myeongji, "What are you looking at so intently?" It was supposed to end that way, but it didn't. There are many reasons for that.

To my understanding, many Korean writers have not been able to write, or have managed with great difficulty since the spring of 2014. Poets, novelists, and critics of our times set out to find the meaning and use of words at the very place where words had crumbled, and it was several seasons before they could say anything again. The undertaking is ongoing. I sought out their writings and at some point realized that I was leaning on their words. I learned about the age we are traversing together. I know these words are nothing next to "I want to

떤 시대를 건너고 있는지 배웠다. 그 말이 결코 '만지고 싶다, 내 딸'이나 '엄마, 내가 죽으면 형 있는 데 갈 수 있어?'에 비할 수 있는 말, '죽음'을 넘어서는 말은 결코 될 수 없을지라도, 그 불가능 앞에서 묵묵히 예의를 지키는 말이 될 수 있기를 바랐다.

　이 소설에는 축제의 도시에서 아주 정적이고 사적인 슬픔을 겪는 여자가 나온다. 하지만 축제와 고통을 굳이 투박하게 갈라놓고 싶진 않았다. 재난 또는 폐허 위에서 춤과 노래, 몸짓과 영상이 때로 어떤 일을 해내는지 두 번의 봄을 지나며 이미 배운 터였다. 그리고 에든버러는 예술의 그 오랜 정신을 계승하는 장소 중 하나였다. 하지만 지금, 이곳에서 소설의 몫과 말의 자리를 납득하기 위해선 내게 더 긴 시간이 필요할 듯하다. 매 작품의 끝낸 뒤 마주하게 될 불만족 뒤의 불만족, 의구심 뒤의 의구심, 그리고 한계의 얼굴이 두렵다.

hold you again, my daughter" or "Mom, can I see brother again if I die?" The words will never transcend death, but I hope they may pay quiet, abiding respect before the insurmountable.

This story is about a woman going through a very still, private grief in a city of festivals. But I didn't wish to draw a callow line between celebration and pain. I'd learned over the course of two springs what dancing and singing, physical movement and images can do on the ruins and in the aftermath of disaster. Edinburgh was one of the places that had inherited this artistic legacy. But for the time being, I need time to find credence in the value of the story and the place of words here where I am. I fear the dissatisfaction behind the dissatisfaction, doubt behind the doubt, and the face of my shortcomings I must confront after finishing each story.

해설
Commentary

애도의 (불)가능성과 슬픔의 공유 (불)가능성

이경재 (문학평론가)

 김애란은 일상의 사소한 것들에 대한 인상적이고 간결한 묘사를 통해 '삶이란 바로 이런 것이라는 느낌'을 확연하게 불러일으키는 천재를 지닌 작가이다. 그러한 재능은 야광 팬티를 입은 채 달리기를 하는 아버지를 그리는 경우에도, 혹은 빚에 짓눌려 인간으로서의 존엄을 잃어가는 우리 시대 청춘의 모습을 그리는 경우에도, 예외 없이 자신의 진가를 드러내고는 한다.「어디로 가고 싶으신가요」에서도 갑작스러운 사고로 혼자가 된 명지가 느끼는 남편의 빈자리는 "그러곤 당신이 늘 눕던 자리 쪽으로 몸을 틀어, 당신 머리 자국이 오목하게 남아 있는 베개를 바라보다 눈을 감았다."와 같은 간단

The [Im]possibility of Mourning
and the [Im]possibility of Sharing Grief

Lee Kyung-jae (literary critic)

Kim Ae-ran is a writer with a genius for convey-
ing what life is through her striking, brief depic-
tions of everyday things. This gift shines whether it's
in her portrayal of the father running down the hill
in his glow-in-the-dark underpants, or the youth
of our times losing their dignity under the crushing
weight of debt. Likewise in "Where Would You Like
To Go?" the loss Myeongji feels when her husband
suddenly dies in an accident is palpable in short
depictions like "I lay on my side, looked at the dip
in the pillow the shape of your head, and closed
my eyes."

Kim Ae-ran's story, "Where Would You Like To
Go?" reminds us what life means in regards to the

한 문장을 통해 실감 나게 전달되고 있다.

　김애란의 「어디로 가고 싶으신가요」는 인간이 겪는 이별과 애도와 관련하여 '삶이란 바로 이런 것이라는 느낌'을 환기해준다. 이 작품은 얼마 전에 발표한 「입동」(《창작과비평》, 2014년 겨울호)과 하나로 묶어 이해할 필요가 있다. 「입동」은 동네 사람들이 '내가 이만큼 울어줬으니 너는 이제 그만 울라'며 줄기 긴 꽃으로 채찍질하는 '꽃매'를 맞으면서 "다른 사람들은 몰라"라는 말을 반복하는 아이 잃은 부부의 모습을 통하여, '애도의 불가능성'과 '슬픔의 공유 불가능성'을 가슴 아프게 보여주고 있는 작품이다. 누군가에게는 시간으로도 해결될 수 없는 상실의 고통이 있을 수 있다는 것, 그리고 그 깊은 슬픔은 때로 공유마저 불가능하다는 것을 역시나 인상적인 비유를 통해 보여주고 있는 것이다. 김애란에게 이러한 슬픈 진실은 슬픔 그 자체에 함몰되기 위해서라기보다는 '타인의 몸 바깥에 선 자신의 무지를 겸손하게 인정'하는 일과 '그 차이를 통렬하게 실감해나가는 과정'을 통해 진정한 애도에 이르기 위한 필수적인 과정이라고 할 수 있다.● 「어디로 가고 싶으신가요」는 '슬픔의 공

●김애란, 「기우는 봄, 우리가 본 것」, 『눈먼 자들의 국가』, 문학동네, 2014, 18쪽.

goodbyes and the mourning we experience. This story is better understood in juxtaposition with "First Day of Winter. (The Quarterly Changbi, Winter 2014)," which depicts the heart-rending "impossibility of mourning" and the "impossibility of sharing grief" through the story of a couple who lost their young child. Assaulted by the cruel condolences of neighbors who insist, "We have cried this much for you, so stop crying," all the couple can do is repeat the words, "People don't know what it's like." Striking metaphors once again show us that for some people, time cannot heal the pain of loss, and that sometimes it's impossible even to sympathize with such profound grief. For Kim Ae-ran, confronting these sad truths is a necessary step in truly mourning, rather than drowning in the sorrow itself. In "humbly accepting the ignorance of one who stands separate from the body of the griever," and through "the process of rigorously appreciating that difference" can we truly grieve with those who have suffered loss. "Where Would You Like To Go?" is a sober examination of "the impossibility of sharing grief" and "the impossibility of grieving" through the special relationship between man and technology.

In the heart of the story are the spots on My-

유 불가능성'과 '애도의 불가능성'이라는 문제를 '스마트폰'과 '인간'의 관계라는 독특한 설정을 통하여 진지하게 성찰하고 있다.

이 작품의 한복판에는 명지의 몸뚱어리에 피어난 끔찍한 반점이 자리 잡고 있다. 그 흉측하기 이를 데 없는 반점은 둥그스름한 분홍색 반점으로 시작하여 나중에는 명지의 몸뚱어리를 대부분 뒤덮는다. 분홍빛에서 검붉은 색을 지나 연한 갈색으로 변하여 비늘처럼 반질거리는 그 반점들은 허물이 내려앉고 벗겨지길 반복하며, 나중에는 그 위로 인설이라 불리는 살비듬이 내려앉아 파들거리기까지 한다. "벌레가 된 기분"을 안겨주는 반점들은 명지가 겪고 있는 상실의 고통이 얼마나 끔찍한 것인지를 감각적으로 보여준다. 이 흉측한 반점의 이미지는 초기 김애란 소설을 지배하던 발랄한 감수성이 삶의 심연에 밀착된 진중한 밀도를 지닌 것으로 변모했음을 직접 보여준다.

시종일관 이 반점은 남편인 도경을 사고로 잃은 명지의 상처에 대한 메타포로 훌륭하게 기능하고 있다. 이 피부질환은 "겉으로 드러나는 부위에 별 이상이 없으니 남들에게는 멀쩡해 보일 수 있는 병"이지만, 남들이 볼

eongji's body. The grotesque spots start out as one round, pink dot that multiply and soon cover most of Myeongji's body. The spots go from pink to maroon to brown and glitter like scales until they peel off. Later, dead skin cells called slough flutter on the scars. The spots make her feel as though she has "become an insect, not bitten by one." They're a tactile, physical manifestation of the horrors of Myeongji's pain of loss. The grotesque spots are proof that the cheerful sensibility that characterized Kim Ae-ran's stories in the beginning of her career has evolved into one with greater density and proximity to the pith of life.

Throughout the story, the spot functions as a brilliant metaphor for Myeongji's scar after she loses her husband Dokyeong in an accident. The skin condition doesn't affect parts of the body that are normally exposed, so she can "seem perfectly fine," but it leaves a horrific mark on her "stomach, back, thighs, and buttocks," areas people can't see. It's not immediately apparent to others, but to the grieving, it's a pain and sadness that consumes the entire body. She has to "feel it every day. Painfully, vividly" and "layers after layers of dead skin" keep appearing, "like new skin coming in." "As though death was the only thing that could keep blossom-

수 없는 "배와 등, 허벅지와 엉덩이"에는 심한 흔적을 남겨 놓는다. 남들이 쉽게 발견할 수 없지만, 그것은 당사자에게는 거의 온몸을 차지하는 슬픔이자 고통이다. 특히나 이 피부의 반점은 "매일매일 고통스럽게, 구체적으로 감각해야" 하는 것이며, 반점의 자리에는 "허물이 새살처럼 계속 돋아"난다. 그것은 "마치 '죽음' 위에서 다른 건 몰라도 '죽음'만은 계속 피어날 수 있다는 말처럼 들렸다."는 것처럼, 치명적이며 쉽게 극복할 수도 없는 사별의 트라우마를 표현하는 그로테스크한 기호이다.

  사촌 언니의 배려로 '나'는 사촌 언니가 살고 있는 영국의 에든버러에 잠시 머물게 된다. 그곳에서 '나'는 대학동창으로 에든버러예술대학에서 박사과정을 밟고 있는 현석을 만난다. 명지가 남편을 사고로 잃었다는 사실을 전혀 모르는 현석은 명지와 즐거운 시간을 보내고, 둘은 몸을 섞는 단계에까지 이르게 된다. 그러나 결국 둘의 몸은 하나가 되지 못한다. 명지가 실수로 스탠드 줄을 잡아당기자 주위는 갑자기 밝아지고, 현석은 반점으로 뒤덮인 명지의 육체를 보자 그만 모든 행동을 멈추었던 것이다. 결국 도경의 죽음과 그에 따른 상처

ing on top of death," the spots are grotesque signi-
fiers that represent the trauma of losing a spouse,
which is devastating and not easily overcome.

A considerate female cousin invites the narrator,
Myeongji, to stay in Edinburgh. There, Myeongji
meets up with her college friend, Hyeonseok, who
is doing his PhD at the Edinburgh College of Art.
Completely unaware that Myeongji lost her hus-
band in an accident, Hyeonseok enjoy Myeongji's
company and finds himself in Myeongji's bedroom.
But in the end, the two do not succeed in con-
necting on the physical level. Myeongji turns on the
lamp by accident, the room is suddenly flooded
with light, and Hyeonseok stops everything when
he sees Myeongji's body covered with spots.
Dokyeong's death and the spots that represent My-
eongji's grief puts the breaks on any possibility of
new romance. This shows that Myeongji is com-
pletely unable to free herself from her pain. Even
after she returns to Korea, the spots persist. The
spots that "latched onto me in Korea, followed me
to England, and doggedly flew back home with me"
are a superb metaphor for the loss that is impossi-
ble to mourn.

Myeongji's one remaining opportunity for con-
versation is Siri, the virtual assistant on her smart

를 의미하는 반점은 명지에게 그 어떤 새로운 사랑도 불가능하게 한다. 이것은 명지가 과거의 상처로부터 전혀 벗어나지 못하고 있음을 보여준다. 귀국 후에도 명지의 몸에서 반점은 사라지지 않는다. 이처럼 "한국에서부터 내 몸에 들러붙어, 영국까지 따라와 기어이 같이 귀국"한 반점은 애도 불가능한 남편과의 사별이 가져다준 상실을 비유하기에 모자람이 없다.

이제 명지의 유일한 말 상대는 스마트폰 음성인식서비스 프로그램인 시리(Siri)뿐이다. 명지의 친구를 사귀지 않고, 티브이를 켜지 않고, 달리기를 하지 않는 생활이 결국 시리를 불러낸 것이다. 물론 그처럼 고립된 삶을 만들어 낸 최종심급은 죽음 직전의 남편 모습이 명지의 꿈속에 수시로 뛰어나오는 것에서도 알 수 있듯이, 남편인 도경의 죽음이다. 시리는 "우리가 '대답'이라 부르는"것을 하는데, 이것은 "누군가의 상상을 상상하는 상상"에 의해서 가능해진 일이다. 명지는 시리에게서 당시 주위 인간들에게서 찾을 수 없던 특별한 자질을 발견하는데, 그것은 바로 '예의'이다. 적어도 그 예의는 명지에게 '편안함'을 안겨준다. 시리의 '예의'는 모종의 윤리와 연결된 것으로 이해할 수도 있다. 시리는 일

phone. A life without friends, television, or exercise drives Myeongji to summon Siri. As we can see from Dokyeong's frequent appearance in Myeongji's dreams, his death that is the biggest factor in her isolated lifestyle. Siri offers "what we call an answer," and this is possible thanks to "the imagination of someone imagining a pretend conversation." Myeongji finds a special characteristic in Siri that she cannot in the people around her at the time, and this is "manners." At the very least, Siri's manners offers Myeongji comfort. Siri can be understood as an entity connected to a sort of ethics. Siri is a machine guided by rules written into her program. Perhaps this is a reference to the ethics within us that shine like stars in the firmament. In the sense that Siri's actions are unconditional responses to anyone who seeks her out--actions that demand no reward or outcome--Siri can be seen as a representation of the Kantian ethics.

But Siri's manners can go only so far. Siri cannot empathize with Myeongji, and it goes without saying that Siri cannot share in Myeongji's pain. For example, when Myeongji asks, "What is pain?" a question she's been "sincerely curious about," all Siri can do is pull up a search result on the word "pain." Faced with Myeongji's sorrow, Siri is a being

종의 기계로서 내부에 입력된 프로그램대로만 행동할 뿐이다. 그것은 창공의 별처럼 빛나는 우리 안의 도덕률에 해당하는 것일 수도 있다. 시리의 행동은 어떠한 대가나 결과도 바라지 않은 채, 자신을 찾는 상대방에게 무조건 반응한다는 점에서 칸트적 의미의 윤리와 연결될 수도 있는 것이다.

그러나 이러한 시리의 '예의'가 지닌 한계 역시 분명하다. 시리는 결코 명지의 감정을 공감할 수 없으며, 당연히 명지의 슬픔을 나눠 가질 수도 없다. 일테면 명지가 "진지하게 궁금한 것", 즉 "고통이란 무엇인가요?"와 같은 질문을 하자, 시리는 고통에 대한 검색 결과를 보여줄 수 있을 뿐이다. 명지의 처연한 고통 앞에서 시리는 그야말로 "멍청아!"라는 소리를 들을 수밖에 없는 존재인 것이다. 명지는 연달아 "내 고통에 의미가 있냐?"와 "당신도 영혼이 있나요?"와 같은 질문을 시리에게 던지지만 시리는 딴청을 부릴 뿐이다.

이러한 딴청 역시도 하나의 위로가 되기도 한다. 명지가 그즈음 가장 오래 붙든 문제인 "사람이 죽으면 어떻게 되나요?"를 물었을 때, 시리는 "어디로 가는 경로 말씀이세요?", "어디로 가고 싶으신가요?", "죄송해요. 잘

that can only elicit responses like, "You idiot!" My-eongji persists by asking one after the other, if there's any meaning to her pain, and "Do you have a soul?" but Siri continues to be evasive.

But this evasiveness can provide comfort of sorts. When Myeongji asks another question she's long been harboring, "Where do people go when they die?" Siri asks back, "Where do you need directions to?" "Where would you like to go?" and "Sorry, I missed that." Two lines in a row unprompted is a very rare thing for a machine like Siri, and because of that Myeongji imagines that "someone imagining the imagination of another had programed concern for this 'someone' into this pattern." In this imaginative space, the warmth of the human touch reaches out through the machine operating according to a program, and gently makes himself known to the person on other side.

We could say that "manners" is another thing that operates on this level. The relationship where jokes are exchanged and responses are doled out appropriately, but without touching the other person where it hurts—this is absolutely a form of considerateness, but it happens under the condition that people keep each other at arm's length. Perhaps the most ideal way of imagining somebody's imagi-

못 알아들었어요."라고 세 번이나 연거푸 혼자서 말한다. 이것은 기계인 시리에게는 무척이나 드문 일이고, 그렇기에 명지는 시리의 반응이 "저 먼 데서 '누군가의 상상을 상상하는' 한 인간이 이런 일을 예상하고, 프로그램 안에 '누군가'를 향한 걱정을 담아 넣은 문장"인지도 모른다고 상상한다. 이러한 상상 속에서 프로그램 언어에 따라 작동하는 기계를 넘어선 인간의 온기는 조금 그 모습을 드러내기도 한다.

우리가 일컫는 '예의'란 바로 이러한 수준에서 작동하는 것이라고 말할 수도 있을 것이다. 적절한 농담도 주고받으며 상대방에게 성실하게 반응하지만, 결코 상대방의 아픈 상처까지는 건드리지 않는 것. 이것은 분명 하나의 배려일 수도 있지만, 그것은 어디까지나 상대방과 나 사이의 거리를 설정한다는 전제 아래서 이루어지는 것이기도 하다. 어찌 보면 상대방의 상처나 난제에 다가가서는 안 된다는 것이야말로 '누군가의 상상을 상상하는' 가장 이상적인 방법이며, 그렇기에 문명의 최첨단 이기인 시리는 그런 식으로만 반응하도록 만들어진 것인지도 모른다. 시리가 지닌 이러한 '예의'는 여타의 문명이 그러하듯이 인간에게 '편안함'을 주지만, 채워질

nation is to steer clear of others' sorrow or conun-
drums, and it makes sense that Siri, an invention on
the forefront of technology, was programmed to
follow this rule. But this politeness that Siri sticks
to, like every invention in civilization, provides
convenience but is bound to give people a sense
of emptiness that cannot be filled. There's nothing
strange about Myeongji's thinking that Siri is like the
subway announcement: "Siri felt like a friend who
could tell you how to get somewhere but couldn't
come with you." Civilization and manners is abso-
lutely not how we empathize with the sadness that
lies deep in our hearts.

Is Myeongji fated to slowly sink to the bottom as
she wages a lonely war against the spots that have
taken over her body? The sister of Jiyong, the boy
whom Dokyeong died trying to save, sends a letter
than presents a new possibility. Jiyong had been
living alone with his older sister since their parents
passed away, and she'd quit school due to an ill-
ness. Myeongji is consoled to some degree when
she reads the letter the sister went to the trouble
of writing in spite of her paralysis on the right side.
The comfort comes from finding another person
who's suffering from the loss of a loved one.

Jiyong's sister confides, "The house is so quite

수 없는 공허를 인간에게 안겨줄 수밖에 없는 운명이기도 하다. 시리가 지하철 안내방송과 같이 "누군가에게 목적지로 가는 법은 말해줄 수 있어도, 거기까지 함께 가주지는 못할 친구"처럼 느껴진다 해도 이상할 것은 없다. 문명과 예의는 결코 타인의 가장 깊은 곳에 놓여 있는 슬픔의 차원에서 공감할 수 있는 것은 아닌 것이다.

이제 명지는 자신의 몸통을 빈틈없이 채우고 있는 그 반점과 함께 혼자 외로운 싸움을 벌이며 그렇게 조금씩 침전해 갈 수밖에 없는 것일까? 명지의 남편이 자신의 목숨을 던져 구하려 했지만, 결국에는 함께 죽고 만 권지용의 누나가 보내는 편지를 통해 새로운 가능성은 그 모습을 보이게 된다. 지용은 부모를 잃고 누나와 단둘이서 살아왔으며, 누나는 몸이 아파 학교까지 관둔 상태였다. 갑자기 마비가 와 오른쪽 몸을 쓸 수 없게 된 누나가 힘들게 써서 보낸 편지를 보며 명지는 나름의 위안을 얻는다. 그 위안은 사랑하는 사람을 잃어서 괴로워하는 동류의 인간을 발견한 데서 오는 것이다.

지용의 누나는 "요즘은 집이 너무 조용해 제가 제 발소리를 듣다 놀라요."라고 고백한다. 이러한 경험은 남편을 잃은 명지 역시도 그대로 겪고 있던 것이다. 같이

now without him that I'm startled by the sound of my own footsteps." This is the same experience Myeongji has been having. Now alone, Myeongji had also been noticing her footsteps, the sound of her using water, or slamming the door, that she hadn't noticed before, jumbled with the sound of another's movements as they previously were. Jiyong's sister is able to send the letter at all because she empathizes with Myeongji's grief. When Jiyong appears in her dream and says, "Thanks for raising me and carrying me on your back, Sis. Don't forget to eat now that you're on your own," she is reminded of Myeongji and Dokyeong. Only then is she able to send a letter containing the sentences, "Even as I write this letter, I miss Jiyong so much. You miss Mr. Kwon a lot, too, don't you?"

What's more important in this scene is that we find Jiyong's sister and Myeongji are sharing a fundamental question: "the moment Mr. Kwon grabbed Jiyong's hand" To Myeongji, Dokyeong jumping in the water to save the child was "entirely [his] own," and it is therefore imperative for her to find an explanation as to why a man with a wife would do something that could and did cost him his life. Upon reading the letter, Myeongji feels as though she is "finally meeting with something [she's]

사는 사람 기척에 섞여서 이전에는 결코 들을 수 없었던, 자신의 발소리, 물소리, 문소리 등을 명지도 혼자가 된 후에는 의식하고 있었던 것이다. 지용의 누나가 명지에게 편지를 보내게 된 것부터가 명지의 아픔에 공감했기에 가능했던 일이기도 하다. 지용의 누나는 꿈에 나타나서 "누나 나 키워주고 업어줘서 고마워. 누나 혼자 있다고 밥 거르지 말고 꼭 챙겨 먹어."라고 말한 동생 지용을 보고서야, "권도경 선생님과 사모님이 떠올랐"던 것이다. 그때서야 도경의 누나는 "저는 지금도 지용이가 너무 보고 싶어요. 사모님도 선생님이 많이 그리우시죠?"라는 문장이 담긴 편지를 명지에게 쓴 것이다.

그러나 지용의 누나 지은과 도경의 아내 명지는 무엇보다도 핵심적인 의문을 공유하고 있다. 그것은 "그때 권도경 선생님이 우리 지용이의 손을 잡아주신 마음"이 과연 무엇이었는가에 대한 의문이다. 명지에게 남편이 아이를 구한 일은 "온전히 자기가 하는 선택"에 해당하는 것이며, 그렇기에 아내까지 있는 사내가 자신의 목숨을 버릴 수도 있는 행동을 한 이유는 해명되어야만 하는 절대적 과제인 것이다. 지용의 누나가 보낸 편지를 읽고 명지는 "당신을 보낸 뒤 줄곧 궁금해한 무엇과

been wondering about since [he] left" and this is facilitated by knowing that she and Jiyong's sister have been asking themselves the same question. The letter finally helps Myeongji understand Dokyeong:

> I saw Jiyong's face over the stained lines. *Help*. I saw the eyes of the child who could barely yell for help as the water kept rushing into his mouth, as he stretched his hand out toward the world. The very eyes I've been trying not to see since you left. I was still angry at that you threw your life away trying to save someone else's. Didn't you think about us, just for a moment, a split second? What about me? I dissected and weighed the heart of a person already gone. But confronted with the words before me, I could picture you at that place on that day when you first saw your student in the water. I saw the face of one life looking at another, fear-stricken. What else could you have done in that moment? Perhaps that moment in time on that day wasn't about a life plunging to his death but one life leaping toward another life. I'd never thought of it that way before.

Before the letter, Myeongji does not fully per-

만난 기분"을 느끼는데, 그것은 명지가 지용의 누나가 보낸 편지 속에서 자신과 같은 의문을 품고 있음을 깨달았기에 가능한 일이다. 지용의 누나가 보낸 편지는 드디어 명지에게 남편 도경의 마지막 행동을 이해할 수 있게 해준다.

　얼룩진 문장 위로 지용이의 얼굴이 겹쳐 보였다. 살려주세요. 소리도 못 지르고 연신 계곡물을 들이키며 세상을 향해 길게 손 내밀었을 그 아이의 눈이 아른댔다. 당신이 떠난 후 줄곧 보지 않으려 한 눈이었다. 나는 당신이 누군가의 삶을 구하려 자기 삶을 버린 데 아직 화가 나 있었다. 잠시라도 정말이지 아주 잠깐만이라도 우리 생각은 안 했을까. 내 생각은 안 했을까. 떠난 사람 마음을 자르고 저울질했다. 그런데 거기 내 앞에 놓인 말들과 마주하자니 그날 그곳에서 처음 제자를 발견했을 당신의 모습이 그려졌다. 놀란 눈으로 하나의 삶이 다른 삶을 바라보는 얼굴이 떠올랐다. 그 순간 남편이 무엇을 할 수 있었을까……. 어쩌면 그날, 그 시간, 그곳에선 '삶'이 '죽음'에게 뛰어든 게 아니라 '삶'이 '삶'에게 뛰어든 것일지도 모른다는 생각이 들었다. 처음 드는

ceive Jiyong as a living creature. He only exists to her as a dead body, an object. But through the letter, Myeongji understands for the first time that Jiyong was very much a human being who loved and cared for his sister. She is therefore able to conclude for the first time that her husband's last act on earth was not about a "life plunging to his death but one life leaping toward another." Jiyong wasn't just a representation of death that existed only in regard to her husband, but a living, breathing person who existed in other relationships as well.

Following this realization, Myeongji feels she misses him "so very badly." This proves that her new insight on her husband's action and her encounter with Jiyong's sister's words aren't just a bridge to an easy mourning. Understanding Dokyeong's decision to risk his life is perhaps just a step in the impossible but unavoidable process of mourning. This unending process, that cannot guarantee the preservation of one's dignity, is evident in the last lines of the story, "Over the spots that had scabbed over, peeled, then emerged again, over the stains that showed no sign of fading, teardrops fell. I missed you." Through this mourning, she worries about someone else for the first time. She worries about Jiyong's sister: "Was

생각이었다.

　이 편지를 읽기 전에 명지는 지용을 하나의 살아 있는 생명으로 충분히 느낄 수가 없었다. 명지에게 지용은 사물화된 하나의 시체로서만 존재했던 것이다. 그러나 지용 누나의 편지를 통해 명지는 처음으로 지용이 자신의 누나를 사랑하고 걱정하는 생생한 인간임을 깨달을 수 있었다. 그렇기에 남편의 마지막 행동도 "'삶'이 '죽음'에게 뛰어든 게 아니라" 처음으로 "'삶'이 '삶'에게 뛰어든 것"으로 이해하게 된 것이다. 지용은 남편과의 관계 속에서만 존재하는 사물화된 '죽음'이 아니라, 다른 관계 속에서 엄연히 살아 숨 쉬는 '삶'이었던 것이다.
　이러한 깨달음 뒤에 명지는 새로이 남편이 "사무치게 보고 싶"다는 생각이 든다. 이것은 남편에 대한 이해와 지용의 누나에 대한 이해가 지난날의 상처에서 벗어나기 위한, 즉 손쉬운 애도를 위한 중간 과정이 아니었음을 증명하는 것이다. 남편의 목숨을 건 마지막 결단에 대한 이해는 어찌 보면 불가능한 그렇지만 불가피한 애도를 위한 하나의 과정에 해당하는 것이라고 말할 수 있다. 인간의 존엄을 확보해 줄 수 있는 이 끝나지 않는

that girl eating well? How badly was she starving herself that her brother had to turn up in her dream to remind her?" Myeongji embarks on a relationship with a living human being, different in nature from the one she had with Siri. The "impossibility of mourning and sharing grief" we see in "First Day Of Winter" travels to a warmer climate in "Where Would You Like To Go?" where mourning and sharing grief is [im]possible.

애도는 작품의 마지막 문장, "허물이 덮였다 벗겨졌다 다시 돋은 반점 위로, 도무지 사라질 기미를 보이지 않는 얼룩 위로 투두둑 흘러내렸다. 당신이 사무치게 보고 싶었다."를 통해서 분명하게 확인할 수 있다. 이러한 애도의 과정을 통해 명지는 처음으로 자신이 아닌 누군가를 걱정하기 시작한다. "혼자 남은 그 아이야말로 밥은 먹었을까? 얼마나 안 먹었으면 동생이 꿈에서까지 부탁했을까."라며 지용의 누나인 지은을 걱정하는 것이다. 이제 명지는 스마트폰 음성인식서비스 프로그램인 시리와의 관계와는 다른 살아 있는 인간과의 관계를 시작하게 된 것이다.「입동」에서 보여준 '애도의 불가능성'과 '슬픔의 공유 불가능성'은「어디로 가고 싶으신가요」에 이르러서는 '애도의 (불)가능성'과 '슬픔의 공유(불)가능성'이라는 조금 더 따뜻한 좌표로 이동하게 되었다.

비평의 목소리
Critical Acclaim

사실적인 동시에 상징적인 언어, 생활감각적이면서 '삶'의 꽃피움에 민감한 감수성은 그의 소설이 널리 읽히면서도 예술적인 활력과 긴장을 잃지 않는 이유이다. 따지고 보면 그의 이런 소설언어와 창의적인 이야기는 대중이 실제로 쓰는 언어와 대중적 삶에서 끌어낸 것이 아닐까 싶다.

한기욱,「우리시대의〈객지〉들」,

《창작과 비평》, 창비, 2013

우리가 미처 언어화하지 못한 삶의 이지러진 모습들과 마음의 굴곡들을 명료하게 들여다볼 수 있게 해주는 것, 김애란의 장기 중 하나는 바로 이것이다. 김애란의 소설들은 우리의 마음이 머물렀으나 '선택되지 못한 채 하얗게 날아가버린' 삶의 풍경들을 복원해내는 데 발군이다.

유준,「고요한 집요함—김애란과 황정은 소설에 대한 단상」,

《현대문학》, 2014

Her realistic yet symbolic language and her sensitivity to everyday lives—as well as to the moments when our lives bloom—are the reasons why her works attract wider audiences without sacrificing artistic vigor and tension. Upon further examination, one finds that her language and fictional works draw from the very language of the masses and the narratives of their lives.

Han Gi-uk, "The Far-off Places of Our Times,"
The Quarterly Changbi. Changbi, 2013.

One of Kim Ae-ran's talents is that she gives readers a clear insight into the incongruities in life and the wrinkles in our emotions for which we do not have names. She has a talent for restoring the moments in life when our hearts dwelled, but that were "neglected and blown away like white dust."

Yu Jun, "A Quiet Persistence-On Kim Ae-ran's and
Hwang Jung-eun's Fction," *Hyundae Munhak*, 2014.

K-픽션 014
어디로 가고 싶으신가요

2016년 1월 27일 초판 1쇄 발행
2023년 8월 28일 초판 3쇄 발행

지은이 김애란 | **옮긴이** 제이미 챙 | **펴낸이** 김재범
기획위원 전성태, 정은경, 이경재
편집 윤단비, 김형욱 | **관리** 강초민 | **디자인** 나루기획
인쇄·제책 굿에그커뮤니케이션 | **종이** 한솔PNS
펴낸곳 (주)아시아 | **출판등록** 2006년 1월 27일 제406-2006-000004호
주소 경기도 파주시 회동길 445(서울 사무소: 서울특별시 동작구 서달로 161-1 3층)
전화 02.3280.5058 | **팩스** 070.7611.2505 | **홈페이지** www.bookasia.org
ISBN 979-11-5662-173-7(set) | 979-11-5662-184-3(04810)
값은 뒤표지에 있습니다.

K-Fiction 014
Where Would You Like To Go?

Written by Kim Ae-ran | **Translated by** Jamie Chang
Published by Asia Publishers
Address 445, Hoedong-gil, Paju-si, Gyeonggi-do, Korea
(Seoul Office:161-1, Seodal-ro, Dongjak-gu, Seoul, Korea)
Homepage Address www.bookasia.org | **Tel**. (822).3280.5058 | **Fax**. 070.7611.2505
First published in Korea by ASIA Publishers 2016
ISBN 979-11-5662-173-7(set) | 979-11-5662-184-3(04810)

바이링궐 에디션 한국 대표 소설

한국문학의 가장 중요하고 첨예한 문제의식을 가진 작가들의 대표작을 주제별로 선정!
하버드 한국학 연구원 및 세계 각국의 한국문학 전문 번역진이 참여한 번역 시리즈!
미국 하버드대학교와 컬럼비아대학교 동아시아학과, 캐나다 브리티시컬럼비아대학교 아시아
학과 등 해외 대학에서 교재로 채택!

바이링궐 에디션 한국 대표 소설 set 1

분단 Division

01 병신과 머저리-이청준 The Wounded-Yi Cheong-jun
02 어둠의 혼-김원일 Soul of Darkness-Kim Won-il
03 순이삼촌-현기영 Sun-i Samch'on-Hyun Ki-young
04 엄마의 말뚝 1-박완서 Mother's Stake I-Park Wan-suh
05 유형의 땅-조정래 The Land of the Banished-Jo Jung-rae

산업화 Industrialization

06 무진기행-김승옥 Record of a Journey to Mujin-Kim Seung-ok
07 삼포 가는 길-황석영 The Road to Sampo-Hwang Sok-yong
08 아홉 켤레의 구두로 남은 사내-윤흥길 The Man Who Was Left as Nine Pairs of Shoes-Yun Heung-gil
09 돌아온 우리의 친구-신상웅 Our Friend's Homecoming-Shin Sang-ung
10 원미동 시인-양귀자 The Poet of Wŏnmi-dong-Yang Kwi-ja

여성 Women

11 중국인 거리-오정희 Chinatown-Oh Jung-hee
12 풍금이 있던 자리-신경숙 The Place Where the Harmonium Was-Shin Kyung-sook
13 하나코는 없다-최윤 The Last of Hanak'o-Ch'oe Yun
14 인간에 대한 예의-공지영 Human Decency-Gong Ji-young
15 빈처-은희경 Poor Man's Wife-Eun Hee-kyung

바이링궐 에디션 한국 대표 소설 set 2

자유 Liberty

16 필론의 돼지-이문열 Pilon's Pig-Yi Mun-yol
17 슬로우 불릿-이대환 Slow Bullet-Lee Dae-hwan
18 직선과 독가스-임철우 Straight Lines and Poison Gas-Lim Chul-woo
19 깃발-홍희담 The Flag-Hong Hee-dam
20 새벽 출정-방현석 Off to Battle at Dawn-Bang Hyeon-seok

금기와 욕망 Taboo and Desire

바이링궐 에디션 한국 대표 소설 set 6

운명 Fate

미의 사제들 Aesthetic Priests

식민지의 벌거벗은 자들 The Naked in the Colony

바이링궐 에디션 한국 대표 소설 set 7

백치가 된 식민지 지식인 Colonial Intellectuals Turned "Idiots"

〈K-픽션〉 시리즈는 한국문학의 젊은 상상력입니다. 최근 발표된 가장 우수하고 흥미로운 작품을 엄선하여 출간하는 〈K-픽션〉은 한국문학의 생생한 현장을 국내외 독자들과 실시간으로 공유하고자 기획되었습니다. 〈바이링궐 에디션 한국 대표 소설〉 시리즈를 통해 검증된 탁월한 번역진이 참여하여 원작의 재미와 품격을 최대한 살린 〈K-픽션〉 시리즈는 매 계절마다 새로운 작품을 선보입니다.